文
景

Horizon

社科新知　文艺新潮

文景古典 · 名译插图本

索福克勒斯悲剧集

俄狄浦斯王

罗念生——译

俄狄浦斯解开斯芬克斯的谜语并解救了忒拜

阿提卡红绘双耳细颈陶坛（pelike），公元前 450—前 440 年

现藏于柏林老博物馆（Altes Museum）

Carole Raddato 摄

俄狄浦斯和忒拜的斯芬克斯

双耳细颈罐（amphora），公元前450—前440年

现藏于波士顿艺术博物馆（Museum of Fine Arts）

小俄狄浦斯被牧人所救

安托万－德尼·肖代（Antoine-Denis Chaudet）作

大理石雕像，1810 年肖代去世后由皮埃尔·卡尔特利耶（Pierre Cartellier）和路易－马里·迪帕蒂（Louis-Marie Dupaty）根据 1801 年问世的石膏模型完成

现藏于卢浮宫，Jastrow 摄

俄狄浦斯和斯芬克斯

弗朗索瓦-格扎维埃·法布雷（François-Xavier Fabre）作

布面油画，约 1806—1808 年

现藏于纽约达赫什艺术博物馆（Dahesh Museum of Art）

俄狄浦斯和斯芬克斯
居斯塔夫・莫罗（Gustave Moreau）作
布面油画，1864 年
现藏于大都会艺术博物馆

俄狄浦斯杀拉伊俄斯
约瑟夫·勃朗（Joseph Blanc）作
油画，1867 年
现藏于巴黎国立高等美术学院
VladoubidoOo 摄

俄狄浦斯对妻儿的尸体告别

爱德华·图杜兹（Edouard Toudouze）作

油画，1871 年

现藏于巴黎国立高等美术学院

（本剧只略提及俄狄浦斯的儿子，画中情景详见于欧里庇得斯悲剧《腓尼基妇女》）

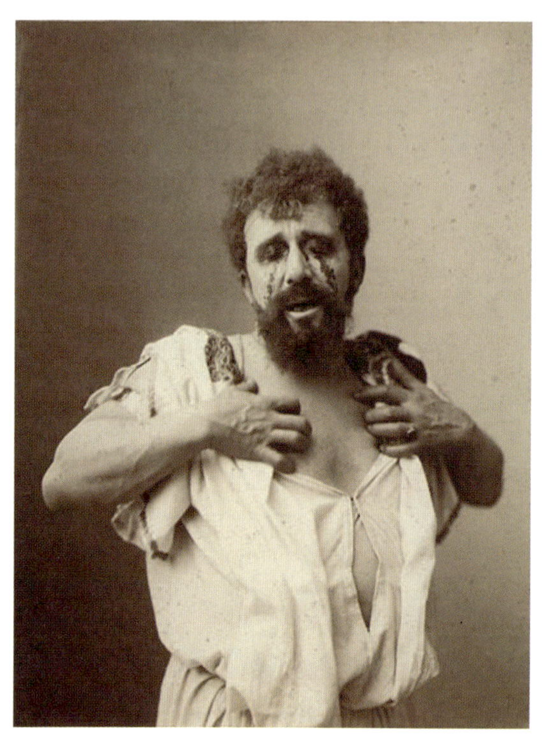

刺瞎双眼的俄狄浦斯王

剧照，约 1896 年

荷兰演员路易斯·布曼斯特（Louis Bouwmeester）饰

阿尔贝特·格赖纳（Albert Greiner）摄

目　录

俄狄浦斯王

附录　《俄狄浦斯王》1936 年版材料

俄狄浦斯王

根据哲布（Sir Richard C. Jebb）编订的《索福克勒斯全集及残诗》（Sophocles, *The Plays and Fragments*, Cambridge, 1914）第一卷《俄狄浦斯王》（*The Oedipus Tyrannus*）希腊原文译出。

场　次

人　物

（以上场先后为序）

祭司　宙斯（Zeus）的祭司

一群乞援人　忒拜（Thebai）人

俄狄浦斯（Oidipous）　拉伊俄斯（Laios）的儿子，伊俄卡斯忒（Iokaste）的儿子与丈夫，忒拜城的王，科林斯（Korinthos）城国王波吕玻斯（Polybos）的养子

侍从数人　俄狄浦斯的侍从

克瑞翁（Kreon）　伊俄卡斯忒的兄弟

歌队　由忒拜长老十五人组成

忒瑞西阿斯（Teiresias）　忒拜城的先知

童子　忒瑞西阿斯的领路人

伊俄卡斯忒　俄狄浦斯的母亲与妻子

侍女　伊俄卡斯忒的侍女

报信人　波吕玻斯的牧人

牧人　拉伊俄斯的牧人

仆人数人　俄狄浦斯的仆人

传报人　忒拜人

布　景

忒拜王宫前院

时　代

英雄时代

一　开场[1]

祭司偕一群乞援人自观众右方上，[2]俄狄浦斯偕众侍从自宫中上。

俄狄浦斯　孩儿们，老卡德摩斯[3]的现代儿孙，城里正弥漫着香烟，到处是求生的歌声和苦痛的呻吟，你们为什么坐在我面前，捧着这些缠羊毛的树枝[4]？孩子们，我不该听旁人传报，我，人人知道的俄狄浦斯，亲自出来了。 9

（向祭司）老人家，你说吧，你年高德劭，正应当替他们说话。你们有什么心事，为什么坐在这里？你们有什么忧虑，有什么心愿？我愿意尽力帮助你们，我要是不怜悯你们这样的乞援人，未免太狠心了。 13

祭司 啊，俄狄浦斯，我邦的君王，请看这些坐在你祭坛前的人都是怎样的年纪：有的还不会高飞；有的是祭司，像身为宙斯[5]祭司的我，已经老态龙钟；还有的是青壮年。其余的人也捧着缠羊毛的树枝坐在市场[6]里，帕拉斯的双庙[7]前，伊斯墨诺斯庙上的神托所的火灰旁边。[8]因为这城邦，像你亲眼看见的，正在血红的波浪里颠簸着，抬不起头来；田间的麦穗枯萎了，牧场上的牛瘟死了，妇人流产了；最可恨的带火的瘟神降临到这城邦，使卡德摩斯的家园变为一片荒凉，幽暗的冥
30 土里倒充满了悲叹和哭声。

我和这些孩子并不是把你看作天神，才坐在这祭坛前求你，我们是把你当作天灾和人生祸患的救星；你曾经来到卡德摩斯的城邦，豁免了我们献给那残忍的歌女的捐税；[9]这件事你事先并没有听我们解释过，也没有向人请教过；人人都说，并且相信，你靠天神的帮助救
39 了我们。

现在，俄狄浦斯，全能的主上，我们全体乞援人求你，或是靠天神的指点，或是靠凡人的力量，为我们找出一条生路。在我看来，凡是富有经验的人，他们的主

见一定是很有用处的。 45

啊，最高贵的人，快拯救我们的城邦！保住你的名声！为了你先前的一片好心，这地方把你叫作救星；将来我们想起你的统治，别让我们留下这样的记忆：你先前把我们救了，后来又让我们跌倒。快拯救这城邦，使它稳定下来！ 51

你曾经凭你的好运为我们造福，如今也照样做吧。假如你还想像现在这样治理这国土，那么治理人民总比治理荒郊好；一个城堡或是一只船，要是空着没有人和你同住，就毫无用处。 57

俄狄浦斯 可怜的孩儿们，我不是不知道你们的来意；我了解你们大家的疾苦：可是你们虽然痛苦，我的痛苦却远远超过你们大家。你们每人只为自己悲哀，不为旁人；我的悲痛却同时是为城邦，为自己，也为你们。 64

我睡不着，并不是被你们吵醒的，须知我是流过多少眼泪，想了又想。我细细思量，终于想到了一个唯一的挽救办法，这办法我已经实行。我已经派克瑞翁，墨诺叩斯的儿子，我的内兄，到福玻斯的皮托庙上去求问：[10]要用怎样的言行才能拯救这城邦。我计算日程，

很是焦心，因为他耽搁得太久，早超过适当的日期了，也不知他在做什么。等他回来，我若是不完全按照天神
77 的启示行事，我就算失德。

祭司　你说得真巧，他们的手势告诉我，克瑞翁回来了。[11]

俄狄浦斯　阿波罗王啊，但愿他的神采表示有了得救的好消息。

祭司　我猜想他一定有了好消息；要不然，他不会戴着一顶上面满是果实的桂冠。

俄狄浦斯　我们立刻可以知道；他听得见我们说话了。

克瑞翁自观众左方上。

亲王，墨诺叩斯的儿子，我的亲戚，你从神那里给我们带回了什么消息？

克瑞翁　好消息！告诉你吧：一切难堪的事，只要向着正确方向进行，都会成为好事。

俄狄浦斯　神示怎么样？你的话既没有叫我放心，也没有使我惊慌。

克瑞翁　你愿意趁他们在旁边的时候听，我现在就说；不然
92 就到宫里去。

俄狄浦斯　说给大家听吧！我是为大家担忧，不单为我

自己。

克瑞翁 那么我就把我听到的神示讲出来：福玻斯王分明是叫我们把藏在这里的污染清除出去，别让它留下来，害得我们无从得救。

俄狄浦斯 怎样清除？那是什么污染？ 99

克瑞翁 你得下驱逐令，或者杀一个人抵偿先前的流血；就是那次的流血，使城邦遭了这番风险。

俄狄浦斯 阿波罗指的是谁的事？

克瑞翁 主上啊，在你治理这城邦以前，拉伊俄斯原是这里的王。

俄狄浦斯 我全知道，听人说起过；我没有亲眼见过他。 105

克瑞翁 他被人杀害了，神分明是叫我们严惩那伙凶手，不论他们是谁。

俄狄浦斯 可是他们在哪里？这旧罪的难寻的线索哪里去寻找？

克瑞翁 神说就在这地方；去寻找就擒得住，不留心就会跑掉。

俄狄浦斯 拉伊俄斯是死在宫中，乡下，还是外邦？[12]

克瑞翁 他说出国去求神示，去了就没有回家。

俄狄浦斯 有没有报信人？有没有同伴见过这件事？如果
117 有，我们可以问问他，利用他的话。

克瑞翁 都死了，只有一个吓坏的人逃回来，也只能肯定亲眼看见的一件事。

俄狄浦斯 什么事呢？只要有一线希望，我们总可以从一件事里找出许多线索来。

克瑞翁 他说他们是碰上强盗被杀害的，那是一伙强盗，不
122 是一个人。

俄狄浦斯 要不是有人从这里出钱收买，强盗[13]哪有这样大胆？

克瑞翁 我也这样猜想过；但自从拉伊俄斯遇害之后，还没有人在灾难中起来报仇。

俄狄浦斯 国王遇害之后，什么灾难阻止你们追究？

克瑞翁 那说谜语的妖怪使我们放下了那没头的案子，先考
131 虑眼前的事。

俄狄浦斯 我要重新把这案子弄明白。福玻斯和你都尽了本分，关心过死者；你会看见，我也要正当地和你们一起来为城邦，为天神报复这冤仇。这不仅是为一个并不疏远的朋友[14]，也是为我自己清除污染；因为，不论杀

他的凶手是谁，也会用同样的毒手[15]来对付我的。所以我帮助朋友，对自己也有利。

孩儿们，快从台阶上起来，把这些求援的树枝拿走；叫人把卡德摩斯的人民召集到这里来，我要彻底追究；凭了天神帮助，我们一定成功——但也许会失败。

俄狄浦斯偕众侍从进宫，克瑞翁自观众右方下。

祭司 孩儿们，起来吧！我们是为这件事来的，国王已经答应了我们的请求。福玻斯发出神示，愿他来做我们的救星，为我们消除这场瘟疫。

众乞援人举起树枝随着祭司自观众右方下。

二　进场歌

歌队自观众右方进场。

歌队　（第一曲首节）[16]宙斯的和祥的神示啊，[17]你从那黄金的皮托[18]，带着什么消息来到这光荣的忒拜城？我担忧，我心惊胆战，啊，得罗斯的医神[19]啊，我敬畏你，你要我怎样赎罪？用新的方法，还是依照随着时光的流转而采用的古老仪式？请指示我，你神圣的声音，金色希望的女儿！

（第一曲次节）我首次召唤你，宙斯的女儿，神圣的雅典娜，再召唤你的姐妹阿耳忒弥斯，[20]她是这地方的守护神，坐在那圆形市场里光荣的宝座上，我还要召唤你，远射的福玻斯：你们三位救命的神，请快显

现；你们先前曾解除了这城邦所面临的灾难，把瘟疫的火吹出境外，如今也请快来呀！ 166

（第二曲首节）哎呀，我忍受的痛苦数不清；全邦的人都病了，找不出一件武器来保护我们。这闻名的土地[21]不结果实，妇人不受生产的疼痛；[22]只见一条条生命，像飞鸟，像烈火，奔向西方之神的岸边。[23] 178

（第二曲次节）这无数的死亡毁了我们城邦，青年男子倒在地上散布瘟疫，没有人哀悼，没有人怜悯；死者的老母和妻子在各处祭坛的台阶上呻吟，祈求天神消除这悲惨的灾难。求生的哀歌是这般响亮，还夹杂着悲惨的哭声；为了解除这灾难，宙斯的金色女儿啊，请给我们美好的帮助。 188

（第三曲首节）凶恶的阿瑞斯没有携带黄铜的盾牌，就怒吼着向我放火烧来；[24]但愿他退出国外，让和风把他吹到安菲特里忒的海上，或是不欢迎客人的特剌刻港口去；[25]黑夜破坏不足，白天便来继续完成。[26]我们的父亲宙斯啊，雷电的掌管者啊，请用霹雳把他打死。 202

俄狄浦斯偕众侍从自宫中上。

（第三曲次节）吕刻俄斯王[27]啊，愿你那无敌的箭从金弦上射出去杀敌，帮助我们！愿阿耳忒弥斯点燃她的火炬，火光照耀在吕喀亚山[28]上。我还要召唤那头束金带的神，和这城邦同名的神，他叫酒色的欧伊俄斯·巴克科斯，是狂女的伴侣，[29]愿他也点着光亮的枞脂火炬来作我们的盟友[30]，抵抗天神所藐视的战神。

三　第一场

俄狄浦斯　你是这样祈祷；只要你肯听我的话，对症下药，就能得救，脱离灾难。我对这个消息和这场灾祸是不明白的，我只能这样说：如果没有一点线索，我一个人就追不了很远。我成为忒拜公民是在这件案子发生以后。让我向全体公民这样宣布：你们里头如果有谁知道拉布达科斯[31]的儿子拉伊俄斯是被谁杀死的，我要他详细报上来；即使他怕告发了凶手反被凶手告发，也应当报上来；他不但不会受到严重的惩罚，而且可以安然离开祖国。[32]如果有人知道凶手是外邦人，也不用隐瞒，我会重赏他，感激他。 232

但是，你们如果隐瞒——如果有人为了朋友或为了

自己有所畏惧而违背我的命令，且听我要怎样处置：在
我做国王，掌握大权的领土以内，我不许任何人接待那
罪人——不论他是谁——，不许同他交谈，也不许同他
一块儿祈祷，祭神，或是为他举行净罪礼；[33]人人都
得把他赶出门外，认清他是我们的污染，正像皮托的神
245 示最近告诉我们的。我要这样来做天神和死者的助手。

我诅咒那没有被发现的凶手，不论他是单独行动，
还是另有同谋，他这坏人定将过着悲惨不幸的生活。我
发誓，假如他是我家里的人，我愿忍受我刚才加在别人
251 身上的诅咒。

我为自己，为天神，为这块天神所厌弃的荒芜土地，把这些命令交给你们去执行。

即使天神没有催促你们办这件事，你们的国王，最高贵的人被杀害了，你们也不该把这污染就此放下，不去清除；你们应当追究。我如今掌握着他先前的王权；娶了他的妻子，占有了他的床榻共同播种，如果他求嗣的心没有遭受挫折，[34]那么同母的子女就能把我们联结为一家人；但是厄运落到了他头上；我为他作战，就像为自己的父亲作战一样，为了替阿革诺耳的玄孙，老

卡德摩斯的曾孙，波吕多罗斯的孙子，拉布达科斯的儿子报仇，[35]我要竭力捉拿那杀害他的凶手。

对那些不服从的人，我求天神不叫他们的土地结果实，不叫他们的女人生孩子；让他们在现在的厄运中毁灭，或者遭受更可恨的命运。

至于你们这些忒拜人——你们拥护我的命令——愿我们的盟友正义之神和一切别的神对你们永远慈祥，和你们同在。

歌队长 主上啊，你既然这样诅咒，我就说了吧：我没有杀害国王，也指不出谁是凶手。这问题是福玻斯提出的，他应当告诉我们，事情到底是谁做的。

俄狄浦斯 你说得对；可是天神不愿做的事，没有人能强迫他们。

歌队长 我愿提出第二个好办法。

俄狄浦斯 假如还有第三个办法，也请讲出来。

歌队长 我知道，忒瑞西阿斯王和福玻斯王一样，有先见之明，主上啊，问事的人可以从他那里把事情打听明白。

俄狄浦斯 这件事我并不是没有想到。克瑞翁提议以后，我已两次派人去请他；我一直在纳闷，怎么还没看见他来。

歌队长 我们听见的已经是旧话，失去了意义。

俄狄浦斯 那是什么话？我要打听每一个消息。

歌队长 听说国王是被几个旅客杀死的。[36]

俄狄浦斯 我也听说；可是没人见到过证人。

歌队长 那凶手如果胆小害怕，听见你这样诅咒，就不敢在这里停留了。

俄狄浦斯 他既然敢作敢为，也就不怕言语恐吓。

歌队长 可是有一个人终会把他指出来。他们已经把神圣的
299 先知请来了，人们当中只有他才知道真情。

童子带领忒瑞西阿斯自观众右方上。

俄狄浦斯 啊，忒瑞西阿斯，天地间一切可以言说和不可言说的秘密，你都明察，你虽然看不见，也能觉察出我们的城邦遭了瘟疫；主上啊，我们发现你是我们唯一的救星和保护人。你不会没有听见报信人说过，福玻斯已经回答了我们的询问，说这场瘟疫唯一的挽救办法，全看我们能不能找出杀害拉伊俄斯的凶手，把他们处死，或者放逐出境。如今就请利用鸟声[37]或你所掌握的别的预言术，拯救自己，拯救城邦，拯救我，清除死者[38]留下的一切污染吧！我们全靠你了。一个人最大的事业

就是尽他所能，尽他所有帮助别人。 315

忒瑞西阿斯 哎呀，聪明没有用处的时候，做一个聪明人真是可怕呀！这道理我明白，可是忘记了；[39]要不然，我就不会来。

俄狄浦斯 怎么？你一来就这么懊丧。 319

忒瑞西阿斯 让我回家吧；你答应我，你容易对付过去，我也容易对付过去。

俄狄浦斯 你有话不说；你的语气不对头，对养育你的城邦不友好。

忒瑞西阿斯 因为我看你的话说得不合时宜；所以我才不说，免得分担你的祸事。

俄狄浦斯 你要是知道这秘密，看在天神面上，不要走，我们全都跪下来求你。

忒瑞西阿斯 你们都不知道。我不暴露我的痛苦[40]——也是免得暴露你的。

俄狄浦斯 你说什么？你明明知道这秘密，却不告诉我们，岂不是有意出卖我们，破坏城邦吗？

忒瑞西阿斯 我不愿使自己苦恼，也不愿使你苦恼。为什么还要白费唇舌追问呢？你不会从我嘴里知道那秘密的。 333

俄狄浦斯　坏透了的东西，你的脾气跟石头一样！你不告诉我们吗？你是这样心硬，这样顽强吗？

忒瑞西阿斯　你怪我脾气坏，却不明白你“自己的”同你住在一起，[41]只知道挑我的毛病。

俄狄浦斯　谁听了你这些不尊重城邦的话，能不生气？

忒瑞西阿斯　我虽然保守秘密，事情也总会水落石出。

俄狄浦斯　既然总会水落石出，你就该告诉我。

忒瑞西阿斯　我决不往下说了；你想大发脾气就发吧。

俄狄浦斯　是呀，我是很生气，我要把我的意见都讲出来：我认为你是这罪行的策划者，人是你杀的，虽然不是你亲手杀的。如果你的眼睛没有瞎，我敢说准是你一个人
349 干的。

忒瑞西阿斯　真的吗？我叫你遵守自己宣布的命令，从此不许再跟这些长老说话，也不许跟我说话，因为你就是这地方不洁的罪人。

俄狄浦斯　你厚颜无耻，出口伤人。你逃得了惩罚吗？

忒瑞西阿斯　我逃得了；知道真情就有力量。

俄狄浦斯　谁教给你的？不会是靠法术知道的吧。

忒瑞西阿斯　是你；你逼我说出了我不愿意说的话。

俄狄浦斯　什么话？你再说一遍，我就更明白了。

忒瑞西阿斯　是你没听明白，还是故意逼我往下说？ 360

俄狄浦斯　我不能说已经明白了；你再说一遍吧。

忒瑞西阿斯　我说你就是你要寻找的杀人凶手。

俄狄浦斯　你两次诽谤人，是要受惩罚的。

忒瑞西阿斯　还要我说下去，使你生气吗？

俄狄浦斯　你要说就说；反正都是白费唇舌。

忒瑞西阿斯　我说你是在不知不觉之中和你最亲近的人可耻地住在一起，却看不见自己的灾难。

俄狄浦斯　你以为你能这样说下去，不受惩罚吗？

忒瑞西阿斯　是的，只要知道真情就有力量。 369

俄狄浦斯　别人有力量，你却没有；你又瞎又聋又懵懂。

忒瑞西阿斯　你这会骂人的可怜虫，回头大家就会这样回敬你。

俄狄浦斯　漫长的黑夜笼罩着你一生，你伤害不了我，伤害不了任何看得见阳光的人。

忒瑞西阿斯　命中注定，你不会在我手中身败名裂；阿波罗有力量，他会完成这件事。

俄狄浦斯　这是克瑞翁的诡计，还是你的？

379 **忒瑞西阿斯** 克瑞翁没有害你，是你自己害自己。

俄狄浦斯 （自语）啊，财富，王权，人事的竞争中超越一切技能的技能[42]，你们多么受人嫉妒：为了羡慕这城邦自己送给我的权力，我信赖的老朋友克瑞翁，偷偷爬过来，要把我推倒，他收买了这个诡计多端的术士，为非
389 作歹的化子[43]，他只认得金钱，在法术上却是个瞎子。

（向忒瑞西阿斯）喂，告诉我，你几时证明过你是个先知？那只诵诗的狗[44]在这里的时候，你为什么不说话，不拯救人民？它的谜语并不是任何过路人破得了的，正需要先知的法术，可是你并没有借鸟的帮助，神的启示显出这种才干来。直到我无知无识的俄狄浦斯来了，不懂得鸟语，只凭智慧就破了那谜语，征服了它。你想推倒我，站在克瑞翁的王位旁边。你想和那主谋的人一块儿清除这污染，我看你是一定会后悔的。要不是看你上了年纪，早就叫你遭受苦刑，叫你知道你是多么
403 狂妄无礼！

歌队长 看来，俄狄浦斯啊，他和你都是说气话。这样的话
407 没有必要；我们应该考虑怎样好好地执行阿波罗的指示。

忒瑞西阿斯 你是国王，可是我们双方的发言权无论如何

应该平等；因为我也享有这样的权利。我是罗克西阿斯[45]的仆人，不是你的；用不着在克瑞翁的保护下挂名。[46]你骂我瞎子，可是我告诉你，你虽然有眼也看不见你的灾难，看不见你住在哪里，[47]和什么人同居。你知道你是从什么根里长出来的吗？你不知道，你是你的已死的和活着的亲属的仇人；你父母的诅咒会左右地鞭打着你，可怕地向你追来，把你赶出这地方；你现在虽然看得见，可是到了那时候，你眼前只是一片黑暗。等你发觉了你的婚姻——在平安的航行之后，你在家里驶进了险恶的港口——那时候，哪一个收容所没有你的哭声？喀泰戎山[48]上哪一处没有你的回音？你猜想不到那无穷无尽的灾难，[49]它会使你和你自己的身分平等，使你和自己的儿女成为平辈。

尽管骂克瑞翁，骂我瞎说吧，反正世间再没有比你
受苦的人了。 428

俄狄浦斯 听了他的话，谁能忍受？（向忒瑞西阿斯）该死的东西，还不快退下去，离开我的家？

忒瑞西阿斯 要不是你召我来，我根本不会来。

俄狄浦斯 我不知道你会说这些蠢话；要不然，我决不会请

你到我家里来。

忒瑞西阿斯 在你看来，我很愚蠢；可是在你父母看来，我却很聪明。

俄狄浦斯 什么父母？等一等！谁是我父亲？

忒瑞西阿斯 今天就会暴露你的身分，也叫你身败名裂。

俄狄浦斯 你老是说些谜语，意思含含糊糊。

忒瑞西阿斯 你不是最善于破谜吗？

俄狄浦斯 尽管拿这件事骂我吧，你总会从这里头发现我的伟大。

忒瑞西阿斯 正是那运气害了你。

俄狄浦斯 只要能拯救城邦，那也没什么关系。

忒瑞西阿斯 我该走了；孩子，领我走吧。

俄狄浦斯 好，让他领你走；你在这里又碍事又讨厌！你走
446 了也免得叫我烦恼。

忒瑞西阿斯 可是我要说完我的话才走，我不怕你皱眉头；[50]你不能伤害我。告诉你吧：你刚才大声威胁，通令要捉拿的，杀害拉伊俄斯的凶手就在这里；表面看来，他是个侨民，一转眼就会发现他是个土生的忒拜人，再也不能享受他的好运了。他将从明眼人变成瞎子，从富

翁变成乞丐，到外邦去，用手杖探着路前进。他将成为和他同住的儿女的父兄，他生母的儿子和丈夫，他父亲的凶手和共同播种的人。

我这话你进去想一想；要是发现我说假话，再说我没有预言的本领也不迟。 462

童子带领先知自观众右方下，俄狄浦斯偕众侍从进宫。

四　第一合唱歌

歌队　（第一曲首节）那颁发神示的得尔福石穴所说的，[51]用血腥的手做出那最凶恶的事的人是谁呀？现在已是他迈着比风也似的骏马还要快的脚步逃跑的时候了；因为宙斯的儿子已带着电火向他扑去，追得上一切人的可怕的报仇神也在追赶着他。

（第一曲次节）那神示刚从帕耳那索斯雪山上[52]响亮的发出来，叫我们四处寻找那没有被发现的罪人。他像公牛一样凶猛，在荒林中，石穴里流浪，凄凄惨惨的独自前进，想避开大地中央[53]发出的神示，那神示永远灵验，永远在他头上盘旋。

（第二曲首节）那聪明的先知非常，非常地使我烦恼，我不能同意，也不能承认；不知说什么好！我心里忧虑，对现在和未来的事都看不清。直到如今，我从没有听说拉布达科斯家族和波吕玻斯的儿子之间有过什么争吵，可以用来作证据攻击俄狄浦斯的好名声，并且利用这没头的案子为拉布达科斯家族报复冤仇。 497

（第二曲次节）宙斯和阿波罗才是聪明，能够知道世间万事；凡人的才智虽然各有高下，可是要说人间的先知比我精明，却没有确凿的证据。在我没有证实他的话是真的以前，我决不能同意谴责俄狄浦斯。从前那著名的，有翅膀的女妖逼近他的时候，我们看见过他的聪明，他经得起考验，他是城邦的朋友，我相信，他绝不会有罪。 512

五　第二场

克瑞翁自观众右方上。

克瑞翁　公民们，听说俄狄浦斯王说了许多可怕的话，指控我，我忍无可忍，才到这里来了。如果他认为目前的事是我用什么言行伤害了他，我背上这臭名，真不想再活下去了。如果大家都说我是城邦里的坏人，连你和我的朋友们也这样说，那就不单是在一方面中伤我，而是在许多方面。[54]

524 **歌队长**　他的指责也许是一时的气话，不是有意说的。

克瑞翁　他是不是说过我劝先知捏造是非？

歌队长　他说过，但不知是什么用意。

克瑞翁　他控告我的时候，头脑，眼睛清醒吗？

歌队长　我不知道；我不明白我们的国王在做什么。他从宫里出来了。 531

俄狄浦斯偕众侍从自宫中上。

俄狄浦斯　你这人，你来干什么？你的脸皮这样厚？你分明是想谋害我，夺取我的王位，还有脸到我家来吗？喂，当着众神，你说吧：你是不是把我看成了懦夫和傻子，才打算这样干？你狡猾地向我爬过来，你以为我不会发觉你的诡计，发觉了也不能提防吗？你的企图岂不是太愚蠢吗？既没有党羽，又没有朋友，还想夺取王位？那要有党羽和金钱才行呀！ 542

克瑞翁　你知道怎么办么？请听我公正地答复你，听明白了再下判断。

俄狄浦斯　你说话很狡猾，我这笨人听不懂；我看你是存心和我为敌。

克瑞翁　现在先听我解释这一点。

俄狄浦斯　别对我说你不是坏人。

克瑞翁　假如你把糊涂顽固当作美德，你就太不聪明了。 550

俄狄浦斯　假如你认为谋害亲人能不受惩罚，你也算不得聪明。

克瑞翁　我承认你说得对。可是请你告诉我，我哪里伤害了你？

俄狄浦斯　你不是劝我去请那道貌岸然的先知吗？

克瑞翁　我现在也还是这样主张。

俄狄浦斯　已经隔了多久了，自从拉伊俄斯——

克瑞翁　自从他怎么样？我不明白你的意思。

俄狄浦斯　——遭人暗杀死去后。

克瑞翁　算起来日子已经很长久了！

俄狄浦斯　那时候先知卖弄过他的法术吗？

克瑞翁　那时候他和现在一样聪明，一样受人尊敬。

俄狄浦斯　那时候他提起过我吗？

克瑞翁　我在他身边没听见他提起过。

俄狄浦斯　你们也没有为死者追究过这件案子吗？

克瑞翁　自然追究过，怎么会没有呢？可是没有结果。

俄狄浦斯　那时候这位聪明人为什么不把真情说出来呢？

克瑞翁　不知道；不知道的事我就不开口。

俄狄浦斯　这一点你总是知道的，应该讲出来。

克瑞翁　哪一点？只要我知道，我不会不说。

俄狄浦斯　要不是和你商量过，他不会说拉伊俄斯是我杀

死的。 573

克瑞翁 要是他真这样说，你自己心里该明白；正像你质问我，现在我也有权质问你了。

俄狄浦斯 你尽管质问，反正不能把我判成凶手。

克瑞翁 你难道没有娶我的姐姐吗？

俄狄浦斯 这个问题自然不容我否认。

克瑞翁 你是不是和她一起治理城邦，享有同样权利？

俄狄浦斯 我完全满足了她的心愿。

克瑞翁 我不是和你们俩相差不远，居第三位吗？

俄狄浦斯 正是因为这缘故，你才成了不忠实的朋友。 582

克瑞翁 假如你也像我这样思考，就会知道事情并不是这样的。首先你想一想：谁会愿意做一个担惊受怕的国王，而不愿又有同样权力又是无忧无虑呢？我天生不想做国王，而只想做国王的事；这也正是每一个聪明人的想法。我现在安安心心地从你手里得到一切；如果做了国王，倒要做许多我不愿意做的事了。 591

对我说来，王位会比无忧无虑的权势甜蜜吗？我不至于这样傻，不选择有利有益的荣誉。现在人人祝福我，个个欢迎我。有求于你的人也都来找我，从我手里得到一切。我怎么会放弃这个，追求别的呢？头脑清醒的人是不会做叛徒的。而且我也天生不喜欢这种念头，如果有谁谋反，我决不和他一起行动。

为了证明我的话，你可以到皮托去调查，看我告诉你的神示真实不真实。如果你发现我和先知同谋不轨，请用我们两个人的——而不是你一个人的——名义处决我，把我捉来杀死。可是不要根据靠不住的判断，莫须有的证据就给我定下罪名。随随便便把坏人当好人，把好人当坏人都是不对的。我认为，一个人如果抛弃他忠实的朋友，就等于抛弃他最珍惜的生命。这件事，毫无疑问，你终究是会明白的。因为一个正直的人要经过长

615 久的时间才看得出来，一个坏人只要一天就认得出来。

歌队长 主上啊，他怕跌跤，他的话说得很好。急于下判断总是不妥当啊！

俄狄浦斯 那阴谋者已经飞快地来到眼前，我得赶快将计就

621 计。假如我不动，等着他，他会成功，我会失败。

克瑞翁 你打算怎么办？是不是把我放逐出境？

俄狄浦斯 不，我不想把你放逐，我要你死，好叫人看看嫉妒人的下场。

克瑞翁 你的口气看来是不肯让步，不肯相信人？

俄狄浦斯 ……[55]

克瑞翁 我看你很糊涂。

俄狄浦斯 我对自己的事并不糊涂。

克瑞翁 那么你对我的事也该这样。

俄狄浦斯 可是你是个坏人。

克瑞翁 要是你很愚蠢呢？

俄狄浦斯 那我也要继续统治。

克瑞翁 统治得不好就不行！

俄狄浦斯 城邦呀城邦！

克瑞翁 这城邦不单单是你的，我也有份。

歌队长 两位主上啊，别说了。我看见伊俄卡斯忒从宫里出来了，她来得恰好，你们这场纠纷由她来调停，一定能很好地解决。

伊俄卡斯忒偕侍女自宫中上。

伊俄卡斯忒 不幸的人啊，你们为什么这样愚蠢地争吵起来？这地方正在闹瘟疫，你们还引起私人纠纷，不觉得惭愧吗？（向俄狄浦斯）你还不快进屋去？克瑞翁，你也回家去吧。不要把一点不愉快的小事闹大了！

克瑞翁　姐姐，你丈夫要对我做可怕的事，两件里选一件，或者把我放逐，或者把我捉来杀死。

俄狄浦斯　是呀，夫人，他要害我，对我下毒手。

克瑞翁　我要是做过你告发的事，我该倒霉，我该受诅咒而死。

伊俄卡斯忒　俄狄浦斯呀，看在天神面上，首先为了他已经对神发了誓，其次也看在我和站在你面前的这些长老面
648 上，相信他吧！

歌队　（哀歌第一曲首节）主上啊，我恳求你，高高兴兴，清清醒醒地听从吧。

俄狄浦斯　你要我怎么样？

歌队　请你尊重他，他原先就不渺小，如今起了誓，就更显得伟大了。

俄狄浦斯　那么你知道要我怎么样吗？

歌队　知道。

俄狄浦斯　你要说什么快说呀。

歌队　请不要只凭不可靠的话就控告他，侮辱这位发过誓的朋友。

俄狄浦斯　你要知道，你这要求，不是把我害死，就是把我

放逐。

歌队 （第二曲首节）我凭众神之中最显赫的赫利俄斯[56]起誓，我绝不是这个意思。我要是存这样的心，我宁愿为人神所共弃，不得好死。我这不幸的人所担心的是土地荒芜，你们所引起的灾难会加重那原有的灾难。（本节完）

俄狄浦斯 那么让他去吧，尽管我命中注定要当场被杀，或被放逐出境。打动了我的心的，不是他的，而是你的可怜的话。他，不论在哪里，都会叫人痛恨。

克瑞翁 你盛怒时是那样凶狠，你让步时也是这样阴沉：这样的性情使你最受苦，也正是活该。

俄狄浦斯 你还不快离开我，给我滚？

克瑞翁 我这就走。你不了解我；可是在这些长老看来，我却是个正派的人。

克瑞翁自观众右方下。

歌队 （第一曲次节）夫人，你为什么迟迟不把他带进宫去。

伊俄卡斯忒 等我问明白发生了什么事。

歌队 这方面盲目地听信谣言，起了疑心；那方面感到不公平。

伊俄卡斯忒 这场争吵是双方引起来的吗？

歌队 是。

伊俄卡斯忒 到底是怎么回事？

歌队 够了，够了，在我们的土地受难的时候，这件事应该停止在打断的地方。

俄狄浦斯 你看你的话说到哪里去了？你是个忠心的人，却
688 来扑灭我的火气。

歌队 （第二曲次节）主上啊，我说了不止一次了：我要是背弃你，我就是个失去理性的疯人；那是你，在我们可爱的城邦遭难的时候，曾经正确地为它领航，现在也希
696 望你顺利地领航啊。（本节完）

伊俄卡斯忒 主上啊，看在天神面上，告诉我，你为什么这样生气？

俄狄浦斯 我这就告诉你；因为我尊重你胜过尊重那些人；原因就是克瑞翁在谋害我。

伊俄卡斯忒 往下说吧，要是你能说明这场争吵为什么应当由他负责。

俄狄浦斯 他说我是杀害拉伊俄斯的凶手。

伊俄卡斯忒 是他自己知道的，还是听旁人说的？

俄狄浦斯 都不是；是他收买了一个无赖的先知作喉舌；他自己的喉舌倒是清白的。

伊俄卡斯忒 你所说的这件事，你尽可放心；你听我说下去，就会知道，并没有一个凡人能精通预言术。关于这一点，我可以给你个简单的证据。

有一次，拉伊俄斯得了个神示——我不能说那是福玻斯亲自说的，只能说那是他的祭司说出来的[57]——它说厄运会向他突然袭来，叫他死在他和我所生的儿子手中。[58]

可是现在我们听说，拉伊俄斯是在三岔路口被一伙外邦强盗杀死的；我们的婴儿，出生不到三天，就被拉伊俄斯钉住左右脚跟，叫人丢在没有人迹的荒山里了。

既然如此，阿波罗就没有叫那婴儿成为杀父亲的凶手，也没有叫拉伊俄斯死在儿子手中——这正是他害怕的事。先知的话结果不过如此，你用不着听信。凡是天神必须做的事，他自会使它实现，那是全不费力的。

俄狄浦斯 夫人，听了你的话，我心神不安，魂飞魄散。[59]

伊俄卡斯忒 什么事使你这样吃惊，说出这样的话？

俄狄浦斯 你好像是说，拉伊俄斯被杀是在一个三岔路口。

伊俄卡斯忒　故事是这样；至今还在流传。

俄狄浦斯　那不幸的事发生在什么地方？

伊俄卡斯忒　那地方叫福喀斯，通往得尔福和道利亚的两条岔路在那里会合。[60]

俄狄浦斯　事情发生了多久了？

737 **伊俄卡斯忒**　这消息是你快要做国王的时候向全城公布的。

俄狄浦斯　宙斯啊，你打算把我怎么样呢？

伊俄卡斯忒　俄狄浦斯，这件事怎么使你这样发愁？

俄狄浦斯　你先别问我，倒是先告诉我，拉伊俄斯是什么模样，有多大年纪。

伊俄卡斯忒　他个子很高，头上刚有白头发；模样和你差不多。

俄狄浦斯　哎呀，我刚才像是凶狠地诅咒了自己，可是自己还不知道。

伊俄卡斯忒　你说什么？主上啊，我看着你就发抖啊。

俄狄浦斯　我真怕那先知的眼睛并没有瞎。你再告诉我一件
748 事，事情就更清楚了。

伊俄卡斯忒　我虽然在发抖，你的话我一定会答复的。

俄狄浦斯　他只带了少数侍从，还是像一位国王那样带了许

多卫兵？

伊俄卡斯忒 一共五个人，其中一个是传令官，还有一辆马车，是给拉伊俄斯坐的。

俄狄浦斯 哎呀，真相已经很清楚了！夫人啊，这消息是谁告诉你的。

伊俄卡斯忒 是一个仆人，只有他活着回来了。

俄狄浦斯 那仆人现在还在家里吗？

伊俄卡斯忒 不在；他从那地方回来以后，看见你掌握了王权，拉伊俄斯完了，他就拉着我的手，求我把他送到乡下，牧羊的草地上去，[61]远远地离开城市。我把他送去了。他是个好仆人，应当得到更大的奖赏。

俄狄浦斯 我希望他回来，越快越好！

伊俄卡斯忒 这倒容易；可是你为什么希望他回来呢？

俄狄浦斯 夫人，我是怕我的话说得太多了，所以想把他召回来。

伊俄卡斯忒 他会回来的；可是，主上啊，你也该让我知道，你心里到底有什么不安。

俄狄浦斯 你应该知道我是多么忧虑。碰上这样的命运，我还能把话讲给哪一个比你更应该知道的人听？

我父亲是科林斯人，名叫波吕玻斯，我母亲是多里斯[62]人，名叫墨洛珀。我在那里一直被尊为公民中的第一个人物，直到后来发生了一件意外的事——那虽是奇怪，倒还值不得放在心上。那是在某一次宴会上，有个人喝醉了，说我是我父亲的冒名儿子。当天我非常烦恼，好容易才忍耐住；第二天我去问我的父母，他们因为这辱骂对那乱说话的人很生气。我虽然满意了，但是事情总是使我很烦恼，因为诽谤的话到处都在流传。我就瞒着父母，去到皮托，福玻斯没有答复我去求问的事，就把我打发走了；可是他却说了另外一些预言，十分可怕，十分悲惨，他说我命中注定要玷污我母亲的床榻，生出一些使人不忍看的儿女，而且会成为杀死我的
793 生身父亲的凶手。

我听了这些话，就逃到外地去，免得看见那个会实现神示所说的耻辱的地方，从此我就凭了天象测量科林斯的土地。我在旅途中来到你所说的，国王遇害的地方。夫人，我告诉你真实情况吧。我走近三岔路口的时候，碰见一个传令官和一个坐马车的人，正像你所说的。那领路的和那老年人态度粗暴，要把我赶

到路边。[63]我在气愤中打了那个推我的人——那个驾车的；那老年人看见了，等我经过的时候，从车上用双尖头的刺棍[64]朝我头上打过来。可是他付出了一个不相称的代价，立刻挨了我手中的棍子，从车上仰面滚下来了；我就把他们全杀死了。

如果我这客人和拉伊俄斯有了什么亲属关系，谁还比我更可怜？谁还比我更为天神所憎恨？没有一个公民或外邦人能够在家里接待我，没有人能够和我交谈，人人都得把我赶出门外。这诅咒不是别人加在我身上的，而是我自己。我用这双手玷污了死者的床榻，也就是用这双手把他杀死的。我不是个坏人吗？我不是肮脏不洁吗？我得出外流亡，在流亡中看不见亲人，也回不了祖国；要不然，就得娶我的母亲，杀死那生我养我的父亲
波吕玻斯。[65] 827

如果有人断定这些事是天神给我造成的，不也说得正对吗？你们这些可敬的神圣的神啊，别让我，别让我看见那一天！在我没有看见这罪恶的污点沾到我身上之
前，请让我离开尘世。 833

歌队长 在我们看来，主上啊，这件事是可怕的；但是在你

还没有向那证人打听清楚之前，不要失望。

俄狄浦斯　我只有这一点希望了，只好等待那牧人。

伊俄卡斯忒　等他来了，你想打听什么？

俄狄浦斯　告诉你吧：他的话如果和你的相符，我就没有灾难了。

841 **伊俄卡斯忒**　你从我这里听出了什么不对头的话呢？

俄狄浦斯　你曾告诉我，那牧人说过杀死拉伊俄斯的是一伙强盗。如果他说的还是同样的人数，那就不是我杀的了；因为一个总不等于许多。如果他只说是一个单身的旅客，这罪行就落在我身上了。

伊俄卡斯忒　你应该相信，他是那样说的；他不能把话收回；因为全城的人都听见了，不单是我一个人。即使他改变了以前的话，主上啊，也不能证明拉伊俄斯的死和神示所说的真正相符；因为罗克西阿斯说的是，他注定要死在我儿子手中，可是那不幸的婴儿没有杀死他的父亲，倒是自己先死了。[66]从那时以后，我就再不因为神示而左顾右盼了。

俄狄浦斯　你的看法对。不过还是派人去把那牧人叫来，不要忘记了。

伊俄卡斯忒 我马上派人去。我们进去吧。凡是你所喜欢的事我都照办。 862

俄狄浦斯偕众侍从进宫，伊俄卡斯忒偕侍女随入。

六　第二合唱歌

歌队　（第一曲首节）愿命运依然看见我一切的言行保持神圣的清白，为了规定这些言行，天神制定了许多最高的律条，它们出生在高天上，他们唯一的父亲是奥林匹斯[67]，不是凡人，谁也不能把它们忘记，使它们入睡；天神是靠了这些律条才有力量，得以长生不死。

（第一曲次节）傲慢产生暴君；[68]它若是富有金
钱——得来不是时候，没有益处——它若是爬上最高的
墙顶，就会落到最不幸的命运中，有脚没用处。[69]愿
天神不要禁止那对城邦有益的竞赛；我永远把天神当作
881 守护神。

（第二曲首节）如果有人不畏正义之神[70]，不敬

神像，[71]言行上十分傲慢，如果他贪图不正当的利益，做出不敬神的事，愚蠢的玷污圣物，愿厄运为了这不吉利的傲慢行为把他捉住。

做了这样的事，谁敢夸说他的性命躲避得了天神的箭？如果这样的行为是可敬的，那么我何必在这里歌舞呢？ 896

（第二曲次节）如果这神示不应验，不给大家看清楚，那么我就不诚心诚意去朝拜大地中央不可侵犯的神殿，不去朝拜奥林匹亚或阿拜[72]的庙宇。王[73]啊——如果我们可以这样正当的称呼你——统治一切的宙斯啊，别让这件事躲避你的注意，躲避你的不灭的威力。

关于拉伊俄斯的古老的预言已经寂静了，不被人注意了，阿波罗到处不受人尊敬，对神的崇拜从此衰微。 910

七　第三场

伊俄卡斯忒偕侍女自宫中上。[74]

伊俄卡斯忒　我邦的长老们啊，我想起了拿着这缠羊毛的树
枝和香料到神的庙上；[75]因为俄狄浦斯由于各种忧虑，
心里很紧张，他不像一个清醒的人，不会凭旧事推断新
917 事；[76]只要有人说出恐怖的话，他就随他摆布。

我既然劝不了他，只好带着这些象征祈求的礼物
来求你，吕刻俄斯·阿波罗[77]啊——因为你离我最
近——请给我们一个避免污染的方法。我们看见他受
923 惊，像乘客看见船上舵工受惊一样，大家都害怕。

报信人自观众左方上。[78]

报信人　啊，客人们，我可以向你们打听俄狄浦斯王的宫殿

在哪里吗？最好告诉我他本人在哪里，要是你们知道的话。

歌队 啊，客人，这就是他的家，他本人在里面；这位夫人是他儿女的母亲。

报信人 愿她在幸福的家里永远幸福，既然她是他的全福的妻子！[79]

伊俄卡斯忒 啊，客人，愿你也幸福；你说了吉祥话，应当受我回敬。请你告诉我，你来求什么，或者有什么消息见告。

报信人 夫人，对你家和你丈夫是好消息。

伊俄卡斯忒 什么消息？你是从什么人那里来的？

报信人 从科林斯来的。你听了我要报告的消息一定高兴，怎么会不高兴呢？但也许还会发愁呢。

伊俄卡斯忒 到底是什么消息？怎么会使我高兴又使我发愁？

报信人 人民要立俄狄浦斯为伊斯特摩斯[80]地方的王，那里是这样说的。

伊俄卡斯忒 怎么？老波吕玻斯不是还在掌权吗？

报信人 不掌权了；因为死神已把他关进坟墓了。

伊俄卡斯忒　你说什么？老人家，波吕玻斯死了吗？

报信人　倘若我撒谎，我愿意死。

伊俄卡斯忒　侍女呀，还不快去告诉主人？

侍女进宫。

啊，天神的预言，你成了什么东西了？俄狄浦斯多年来所害怕，所要躲避的正是这人，他害怕把他杀了；
949 现在他已寿尽而死，不是死在俄狄浦斯手中的。

俄狄浦斯偕众侍从自宫中上。

俄狄浦斯　啊，伊俄卡斯忒，最亲爱的夫人，为什么把我从屋里叫来？

伊俄卡斯忒　请听这人说话，你一边听，一边想天神的可怕的预言成了什么东西了。

俄狄浦斯　他是谁？有什么消息见告？

伊俄卡斯忒　他是从科林斯来的，来讣告你父亲波吕玻斯不在了，去世了。

俄狄浦斯　你说什么，客人？亲自告诉我吧。

报信人　如果我得先把事情讲明白，我就让你知道，他死了，去世了。

俄狄浦斯　他是死于阴谋，还是死于疾病？

报信人 天平稍微倾斜，一个老年人便长眠不醒。[81]

俄狄浦斯 那不幸的人好像是害病死的。

报信人 并且因为他年高寿尽了。 963

俄狄浦斯 啊！夫人呀，我们为什么要重视皮托的颁布预言的庙宇，或空中啼叫的鸟儿呢？它们曾指出我命中注定要杀我父亲。但是他已经死了，埋进了泥土；我却还在这里，没有动过刀枪。除非说他是因为思念我而死的，那么倒是我害死了他。这似灵不灵的神示已被波吕玻斯随身带着，和他一起躺在冥府里，不值半文钱了。 972

伊俄卡斯忒 我不是早就这样告诉了你吗？

俄狄浦斯 你倒是这样说过，可是，我因为害怕，迷失了方向。

伊俄卡斯忒 现在别再把这件事放在心上了。

俄狄浦斯 难道我不该害怕玷污我母亲的床榻吗？

伊俄卡斯忒 偶然控制着我们，未来的事又看不清楚，我们为什么惧怕呢？最好尽可能随随便便地生活。别害怕你会玷污你母亲的婚姻；许多人曾在梦中娶过母亲；[82]但是那些不以为意的人却安乐地生活。

俄狄浦斯 要不是我母亲还活着，你这话倒也对；可是她既然健在，即使你说得对，我也应当害怕啊！

伊俄卡斯忒 可是你父亲的死总是个很大的安慰。

俄狄浦斯 我知道是个很大的安慰，可是我害怕那活着的妇人。

报信人 你害怕的妇人是谁呀？

俄狄浦斯 老人家，是波吕玻斯的妻子墨洛珀。

报信人 她哪一点使你害怕？

俄狄浦斯 啊，客人，是因为神送来的可怕的预言。

报信人 说得说不得？是不是不可以让人知道？

俄狄浦斯 当然可以。罗克西阿斯曾说我命中注定要娶自己的母亲，亲手杀死自己的父亲。因此多年来我远离着科林斯。我在此虽然幸福，可是看见父母的容颜是件很大的乐事啊。

报信人 你真的因为害怕这些事，离开了那里？

俄狄浦斯 啊，老人家，还因为我不想成为杀父的凶手。

报信人 主上啊，我怀着好意前来，怎么不能解除你的恐惧呢？

俄狄浦斯 你依然可以从我手里得到很大的应得的报酬。

报信人 我是特别为此而来的，等你回去的时候，我可以得到一些好处呢。

俄狄浦斯 但是我决不肯回到我父母家里。

报信人 年轻人[83]！显然你不知道你在做什么。

俄狄浦斯 怎么不知道呢，老人家？看在天神面上，告诉我吧。

报信人 如果你是为了这个缘故不敢回家。

俄狄浦斯 我害怕福玻斯的预言在我身上应验。

报信人 是不是害怕因为杀父娶母而犯罪？

俄狄浦斯 是的，老人家，这件事一直在吓唬我。

报信人 你知道你没有理由害怕么？

俄狄浦斯 怎么没有呢，如果我是他们的儿子？

报信人 因为你和波吕玻斯没有血统关系。

俄狄浦斯 你说什么？难道波吕玻斯不是我的父亲？

报信人 正像我不是你的父亲，他也同样不是。

俄狄浦斯 我的父亲怎能和你这个同我没关系的人同样不是？

报信人 你不是他生的，也不是我生的。

俄狄浦斯 那么他为什么称呼我作他的儿子呢？

报信人 告诉你吧，是因为他从我手中把你当一件礼物接受了下来。

俄狄浦斯　但是他为什么十分爱别人送的孩子呢？

报信人　他从前没有儿子，所以才这样爱你。

俄狄浦斯　是你把我买来，还是把我捡来送给他的？

报信人　是我从喀泰戎峡谷里把你捡来送给他的。

俄狄浦斯　你为什么到那一带去呢？

报信人　我在那里放牧山上的羊。

俄狄浦斯　你是个牧人，还是个到处漂泊的佣工。

报信人　年轻人，那时候我是你的救命恩人。

俄狄浦斯　你把我抱在怀里的时候，我有没有什么痛苦？

报信人　你的脚跟可以证实你的痛苦。

俄狄浦斯　哎呀，你为什么提起这个老毛病？

报信人　那时候你的左右脚跟是钉在一起的，我给你解开了。

俄狄浦斯　那是我襁褓时候遭受的莫大的耻辱。

报信人　是呀，你是由这不幸而得到你现在的名字的。

俄狄浦斯　看在天神面上，告诉我，这件事是我父亲还是我母亲做的？你说。

报信人　我不知道；那把你送给我的人比我知道得清楚。

俄狄浦斯　怎么？是你从别人那里把我接过来的，不是自己捡来的吗？

报信人　不是自己捡来的，是另一个牧人把你送给我的。

俄狄浦斯　他是谁？你指得出来吗？

报信人　他被称为拉伊俄斯的仆人。 1042

俄狄浦斯　是这地方从前的国王的仆人吗？

报信人　是的，是国王的牧人。

俄狄浦斯　他还活着吗？我可以看见他吗？

报信人　（向歌队）你们这些本地人应当知道得最清楚。

俄狄浦斯　你们这些站在我面前的人里面，有谁在乡下或城里见过他所说的牧人，认识他？赶快说吧！这是水落石出的时机。 1050

歌队长　我认为他所说的不是别人，正是你刚才要找的乡下人；这件事伊俄卡斯忒最能够说明。

俄狄浦斯　夫人，你还记得我们刚才想召见的人吗？这人所说的是不是他？

伊俄卡斯忒　为什么问他所说的是谁？不必理会这事。不要记住他的话。

俄狄浦斯　我得到了这样的线索，还不能发现我的血缘，这可不行。

伊俄卡斯忒　看在天神面上，如果你关心自己的性命，就不要再追问了；我自己的苦闷已经够了。

俄狄浦斯　你放心，即使发现我母亲三世为奴，我有三重奴隶身分，你出身也不卑贱。[84]

1064 **伊俄卡斯忒**　我求你听我的话，不要这样。

俄狄浦斯　我不听你的话，我要把事情弄清楚。

伊俄卡斯忒　我愿你好，好心好意劝你。

俄狄浦斯　你这片好心好意一直在使我苦恼。

伊俄卡斯忒　啊，不幸的人，愿你不知道你的身世。

俄狄浦斯　谁去把牧人带来？让这个女人去赏玩她的高贵门第吧！

伊俄卡斯忒　哎呀，哎呀，不幸的人呀！我只有这句话对你

1072 说，从此再没有别的话可说了！

伊俄卡斯忒冲进宫。

歌队长　俄狄浦斯，王后为什么在这样忧伤的心情下冲了进去？我害怕她这样闭着嘴，会有祸事发生。

俄狄浦斯　要发生就发生吧！即使我的出身卑贱，我也要弄清楚。那女人——女人总是很高傲的——她也许因为我

出身卑贱感觉羞耻。但是我认为我是仁慈的幸运的宠儿，不至于受辱。幸运是我的母亲；十二个月份是我的弟兄，他们能划出我什么时候渺小，什么时候伟大。这就是我的身世，我绝不会被证明是另一个人；因此我一定要追问我的血统。

八　第三合唱歌[85]

歌队　（首节）啊，喀泰戎山，假如我是个先知，心里聪明，我敢当着奥林匹斯说，等明晚月圆时，[86]你一定会感觉俄狄浦斯尊你为他的故乡，母亲和保姆，我们也载歌载舞赞美你；因为你对我们的国王有恩德。福玻斯啊，
1097 愿这事能讨你喜欢！

（次节）我的儿，哪一位，哪一位和潘[87]——那个在山上游玩的父亲——接近的仙女是你的母亲？是不是罗克西阿斯的妻子？高原上的草地他全都喜爱。[88]也许是库勒涅的王[89]，或者狂女们的神，那位住在山顶上的神，从赫利孔仙女[90]——他最爱和那些仙女嬉
1109 戏——手中接受了你这婴儿。

九　第四场

俄狄浦斯　长老们，如果让我猜想，我以为我看见的是我们一直在寻找的牧人，虽然我没有见过他。他的年纪和这客人一般大；我并且认识那些带路的是自己的仆人。（向歌队长）也许你比我认识得清楚，如果你见过这牧人。

歌队长　告诉你吧，我认识他；他是拉伊俄斯家里的人，作为一个牧人，他和其他的人一样可靠。

众仆人带领牧人自观众左方上。

俄狄浦斯　啊，科林斯客人，我先问你，你指的是不是他？

报信人　我指的正是你看见的人。

俄狄浦斯　喂，老头儿，朝这边看，回答我问你的话。你是拉伊俄斯家里的人吗？

牧人　我是他家养大的奴隶，不是买来的。

俄狄浦斯　你干的什么工作，过的什么生活？

牧人　大半辈子放羊。

俄狄浦斯　你通常在什么地方住羊棚？

1127 **牧人**　有时候在喀泰戎山上，有时候在那附近。

俄狄浦斯　还记得你在那地方见过这人吗？

牧人　见过什么？你指的是哪个？

俄狄浦斯　我指的是眼前的人；你碰见过他没有？

牧人　我一下子想不起来，不敢说碰见过。

报信人　主上啊，一点也不奇怪。我能使他清清楚楚回想起那些已经忘记了的事。我相信他记得他带着两群羊，我带着一群羊，我们在喀泰戎山上从春天到阿耳克图洛斯初升的时候做过三个半年朋友。[91]到了冬天，我赶着羊回我的羊圈，他赶着羊回拉伊俄斯的羊圈。（向牧人）我说的是不是真事？

牧人　你说的是真事，虽是老早的事了。

报信人　喂，告诉我，还记得那时候你给了我一个婴儿，叫我当自己的儿子养着吗？

牧人　你是什么意思？干吗问这句话？

报信人　好朋友，这就是他，那时候是个婴儿。

牧人　该死的家伙！还不快住嘴！ 1146

俄狄浦斯　啊，老头儿，不要骂他，你说这话倒是更该挨骂！

牧人　好主上啊，我有什么错呢？

俄狄浦斯　因为你不回答他问你的关于那孩子的事。

牧人　他什么都不晓得，却要多嘴，简直是白搭。

俄狄浦斯　你不痛痛快快回答，要挨了打哭着回答！

牧人　看在天神面上，不要拷打一个老头子。

俄狄浦斯　（向侍从）还不快把他的手反绑起来？

牧人　哎呀，为什么呢？你还要打听什么呢？

俄狄浦斯　你是不是把他所问的那孩子给了他？

牧人　我给了他；愿我在那一天就死了！

俄狄浦斯　你会死的，要是你不说真话。

牧人　我说了真话，更该死了。

俄狄浦斯　这家伙好像还想拖延时候。 1160

牧人　我不想拖延时候，我刚才已经说过我给了他。

俄狄浦斯　哪里来的？是你自己的，还是从别人那里得来的？

牧人　这孩子不是我自己的，是别人给我的。

俄狄浦斯　哪个公民，哪家给你的？

牧人　看在天神面上，不要，主人啊，不要再问了！

俄狄浦斯　如果我再追问，你就活不成了。

牧人　他是拉伊俄斯家里的孩子。

俄狄浦斯　是个奴隶，还是个亲属？

牧人　哎呀，我要讲那怕人的事了！

俄狄浦斯　我要听那怕人的事了！也只好听下去。

牧人　人家说是他的儿子，但是里面的娘娘，主上家的，最
1172 能告诉你是怎么回事。

俄狄浦斯　是她交给你的吗？

牧人　是，主上。

俄狄浦斯　是什么用意呢？

牧人　叫我把他弄死。

俄狄浦斯　做母亲的这样狠心吗？

牧人　因为她害怕那不吉利的神示。

俄狄浦斯　什么神示？

牧人　人家说他会杀他父亲。

俄狄浦斯 你为什么又把他送给了这老人呢？ 1177

牧人 主上啊，我可怜他，我心想他会把他带到别的地方——他的家里去；哪知他救了他，反而闯了大祸。如果你就是他所说的人，我说，你生来是个受苦的人啊！

俄狄浦斯 哎呀！哎呀！一切都应验了！天光呀，我现在向你看最后一眼！[92]我成了不应当生我的父母的儿子，娶了不应当娶的母亲，杀了不应当杀的父亲。 1185

俄狄浦斯冲进宫，众侍从随入，报信人，牧人和众仆人自观众左方下。

十　第四合唱歌

歌队　（第一曲首节）凡人的子孙啊，我把你们的生命当作
一场空！谁的幸福不是表面现象，一会儿就消灭了？不
幸的俄狄浦斯，你的命运，你的命运警告我不要说凡人
1196 是幸福的。

（第一曲次节）宙斯啊，他比别人射得远，获得了
莫大的幸福，他弄死了那个出谜语的，长弯爪的女妖，
挺身做了我邦抵御死亡的堡垒。从那时候起，俄狄浦
斯，我们称你为王，你统治着强大的忒拜，享受着最高
1203 的荣誉。

（第二曲首节）但如今，有谁的身世听起来比你的可怜？有谁在凶恶的灾祸中，在苦难中遭遇着人生的变

迁，比你可怜？

哎呀，闻名的俄狄浦斯！那同一个宽阔的港口够你使用了，你进那里做儿子，又扮新郎做父亲。不幸的人呀，你父亲耕种的土地怎能够，怎能够一声不响，容许你耕种了这么久？

（第二曲次节）那无所不见的时光终于出乎你意料之外发现了你，它审判了这不清洁的婚姻，这婚姻使儿子成了丈夫。

哎呀，拉伊俄斯的儿子啊，愿我，愿我从没有见过你！我为你痛哭，像一个哭丧的人！说老实话，你先前使我重新呼吸，现在使我闭上眼睛。

十一　退场

传报人[93]自宫中上。

传报人　我邦最受尊敬的长老们啊，你们将听见多么惨的事情，将看见多么惨的景象，你们将是多么忧愁，如果你们效忠你们的种族，依然关心拉布达科斯的家室。我认为即使是伊斯忒耳和法息斯河[94]也洗不干净这个家，它既隐藏着一些灾祸，又要把另一些暴露在光天化日之下，这些都不是无心，而是有意做出来的。自己招来的苦难总是最使人痛心啊！

歌队长　我们先前知道的苦难也并不是不可悲啊！此外，你还有什么苦难要说？

传报人　我的话可以一下子说完，一下子听完：高贵的伊俄卡斯忒已经死了。

歌队长 不幸的人呀！她是怎么死的？ 1236

传报人 她自杀了。这件事最惨痛的地方你们感觉不到，因为你们没有亲眼看见。我记得多少，告诉你多少。

她发了疯，穿过门廊，双手抓着头发，直向她的新床跑去；她进了卧房，砰地关上门，[95]呼唤那早已死了的拉伊俄斯的名字，想念她早年所生的儿子，说拉伊俄斯死在他手中，留下做母亲的给他的儿子生一些不幸的儿女。她为她的床榻而悲叹，她多么不幸，在那上面生了两种人，给丈夫生丈夫，给儿子生儿女。她后来是怎样死的，我就不知道了；因为俄狄浦斯大喊大叫冲进宫去，我们没法看完她的悲剧，而转眼望着他横冲直闯。他跑来跑去，叫我们给他一把剑，还问哪里去找他的妻子，又说不是妻子，是母亲，他和他儿女共有的母亲。他在疯狂中得到了一位天神的指点；因为我们这些靠近他的人都没有给他指路。好像有谁在引导，他大叫一声，朝着那双扇门冲去，把弄弯了的门杠从承孔里一下推开，冲进了卧房。 1262

我们随即看见王后在里面吊着，脖子缠在那摆动的绳子上。国王看见了，发出可怕的喊声，多么可怜！他随即解开那活套。等那不幸的人躺在地上时，我们就看见那可怕的景象：国王从她袍子上摘下两只她佩带着的金别针[96]，举起来朝着自己的眼珠刺去，并且这样嚷道："你们再也看不见我所受的灾难，我所造的罪恶了！你们看够了你们不应当看的人[97]，不认识我想认识的人[98]；你们从此黑暗无光！"

他这样悲叹的时候，屡次举起金别针朝着眼睛狠狠刺去；每刺一下，那血红的眼珠里流出的血便打湿了他的胡子，那血不是一滴滴地滴，而是许多黑的血点，雹子般一齐下降。这场祸事是两个人惹出来的，不止一人受难，而是夫妻共同受难。他们旧时代的幸福在从前倒是真正的幸福；但如今，悲哀，毁灭，死亡，耻辱和一切有名称的灾难都落到他们身上了。

歌队长 现在那不幸的人的痛若是不是已经缓和一点了？

传报人 他大声叫人把宫门打开，让全体忒拜人看看他父亲的凶手，他母亲的——我不便说那不干净的话；他愿出外流亡，不愿留下，免得这个家在他的诅咒之下有了灾祸。可是他没有力气，没有人带领；那样的苦恼不是人

所能忍受的。他会给你看的；现在宫门打开了，你立刻可以看见那样一个景象，即使是不喜欢看的人也会发生怜悯之情的。 1296

众侍从带领俄狄浦斯自宫中上。

歌队 （哀歌）[99]这苦难啊，叫人看了害怕！我所看见的最可怕的苦难啊！可怜的人呀，是什么疯狂缠磨着你？是哪一位神跳得比最远的跳跃还要远，落到了你这不幸的生命上？

哎呀，哎呀，不幸的人呀！我想问你许多事，打听许多事，观察许多事，可是我不能望你一眼；你吓得我发抖啊！ 1306

俄狄浦斯 哎呀呀，我多么不幸啊！我这不幸的人到哪里去呢？我的声音轻飘飘地飞到哪里去了？命运啊，你跳到哪里去了？

歌队长 跳到可怕的灾难中去了，不可叫人听见，不可叫人看见。 1312

俄狄浦斯 （第一曲首节）黑暗之云啊，你真可怕，你来势凶猛，无法抵抗，是太顺的风把你吹来的。

哎呀，哎呀！

这些刺伤了我，这些灾难的回忆伤了我。

歌队 难怪你在这样大的灾难中悲叹这双重的痛苦，忍受这
1320 双重的痛苦[100]。

俄狄浦斯 （第一曲次节）啊，朋友，你依然是我的忠实伴侣，还有耐心照看一个瞎眼的人。

哎呀，哎呀！

我知道你在这里，我虽然眼睛瞎了，还能清楚地辨别你的声音。

歌队 你这做了可怕的事的人啊，你怎么忍心弄瞎了自己的
1328 眼睛？是哪一位天神怂恿你的？

俄狄浦斯 （第二曲首节）是阿波罗，朋友们，是阿波罗使这些凶恶的，凶恶的灾难实现的；但是刺瞎了这两只眼睛的不是别人的手，而是我自己的，我多么不幸啊！什么东西看来都没有趣味，又何必看呢？

歌队 事情正像你所说的。

俄狄浦斯 朋友们，还有什么可看的，什么可爱的，还有什么问候使我听了高兴呢？朋友们，快把我这完全毁了的，最该诅咒的，最为天神所憎恨的人带出，带出境外吧！

歌队 你的感觉和你的命运同样可怜，[101]但愿我从来不知道你这人。 1348

俄狄浦斯 （第二曲次节）那在牧场上把我脚上残忍的铁镣解下的人，那把我从凶杀里救活了的人——不论他是谁——真是该死，因为他做的是一件不使人感激的事。假如我那时候死了，也不至于使我和我的朋友们这样痛苦了。

歌队 但愿如此！

俄狄浦斯 那么我不至于成为杀父的凶手，不至于被人称为我母亲的丈夫；但如今，我是天神所弃绝的人，是不清洁的母亲的儿子，并且是，哎呀，我父亲的共同播种的人。如果还有什么更严重的灾难，也应该归俄狄浦斯忍受啊。

歌队 我不能说你的意见对；你最好死去，胜过瞎着眼睛活着。（哀歌完） 1368

俄狄浦斯 别说这件事做得不妙，别劝告我了。假如我到冥土的时候还看得见，[102]不知当用什么样的眼睛去看我父亲和我不幸的母亲，既然我曾对他们做出死有余辜的罪行。我看着这样生出的儿女顺眼吗？不，不顺眼；就连这城堡，这望楼，神们的神圣的偶像，我看着也不顺眼；因为我，忒拜城最高贵而又最不幸的人，已经丧失观看的权利了；我曾命令所有的人把那不清洁的人赶出去，即使他是天神所宣布的罪人，拉伊俄斯的儿子。我既然暴露了这样的污点，还能集中眼光看这些人吗？不，不能；如果有方法可以闭塞耳中的听觉，我一定把这可怜的身体封起来，使我不闻不见：当心神不为忧愁[103]所扰乱时是多么舒畅啊！

唉，喀泰戎，你为什么收容我？为什么不把我捉来杀了，免得我在人们面前暴露我的身世？波吕玻斯啊，科林斯啊，还有你这被称为我祖先的古老的家啊，你们把我抚养成人，皮肤多么好看，下面却有毒疮在溃烂啊！我现在被发现是个卑贱的人，是卑贱的人所生。

你们三条道路和幽谷啊，橡树林和三岔路口的窄路啊，你们从我手中吸饮了我父亲的血，也就是我的血，你们还记得我当着你们做了些什么事，来这里以后又做了些什么事吗？

婚礼啊，婚礼啊，你生了我，生了之后，又给你的孩子生孩子，你造成了父亲，哥哥，儿子，以及新娘，妻子，母亲的乱伦关系，[104]人间最可耻的事。

不应当做的事情就不应当拿来讲。看在天神面上，快把我藏在远处，或是把我杀死，或是把我丢到海里，你们不会在那里再看见我了。来呀，牵一牵这可怜的人吧；答应我，别害怕，因为我的罪除了自己担当而外，别人是不会沾染的。 1415

歌队长 克瑞翁来得巧，正好满足你的要求，不论你要他给你做什么事，或者给你什么劝告，如今只有他代你做这地方的保护人。

俄狄浦斯 唉，我对他说什么好呢？我怎能合理地要求他相信我呢？我先前太对不住他了。 1421

克瑞翁自观众右方上。

克瑞翁 俄狄浦斯，我不是来讥笑你的，也不是来责备你过去的罪过的。

（向众侍从）尽管你们不再重视凡人的子孙，也得尊重我们的主宰赫利俄斯的养育万物之光，为此，不要把这一种为大地，圣雨和阳光所厌恶的污染，赤裸地摆出来。快把他带进宫去！只有亲属才能看，才能听亲属的苦难，这样才合乎宗教上的规矩。

俄狄浦斯　你既然带着最高贵的精神来到我这最坏的人这里，使我的忧虑冰释了，[105]请看在天神面上，答应我一件事，我是为你好，不是为我好而请求啊。

克瑞翁　你对我有什么请求？

俄狄浦斯　赶快把我扔出境外，扔到那没有人向我问好的地方去。

克瑞翁　告诉你吧，如果我不想先问神怎么办，我早就这样做了。

俄狄浦斯　他的神示早就明白地宣布了，要把那杀父的，那不洁的人毁了[106]，我自己就是那人哩。

克瑞翁　神示虽然这样说的，但是在目前的情况下，最好还是去问问怎样办。

俄狄浦斯　你愿去为我这么样不幸的人问问吗？

克瑞翁　我愿意去；你现在要相信神的话。

俄狄浦斯　是的；我还要吩咐你，恳求你把屋里的人埋了，你愿意怎样埋就怎样埋；你会为你姐姐正当地尽这礼仪的。当我在世的时候，不要逼迫我住在我的祖城里，还是让我住在山上吧，那里是因我而著名的喀泰戎，我父母在世的时候曾指定那座山作为我的坟墓，我正好按照要杀我的人的意思死去。但是我有这么一点把握：疾病或别的什么都害不死我；若不是还有奇灾异难，我不会从死亡里被人救活。[107] 1457

我的命运要到哪里，就让它到哪里吧。提起我的儿女，克瑞翁，请不必关心我的儿子们[108]；他们是男人，不论在什么地方，都不会缺少衣食；但是我那两个不幸的，可怜的女儿——她们从来没有看见我把自己的食桌支在一边，[109]不陪她们吃饭；凡是我吃的东西，她们都有份——请你照应她们；请特别让我抚摸着她们悲叹我的灾难。答应吧，亲王，精神高贵的人！只要我抚摸着她们，我就会认为她们依然是我的，正像我没有瞎眼的时候一样。

二侍从进宫，随即带领安提戈涅和伊斯墨涅[110]自宫中上。

啊，这是怎么回事？看在天神面上，告诉我，我听见的是不是我亲爱的女儿们的哭声？是不是克瑞翁怜悯我，把我的宝贝——我的女儿们送来了？我说得对吗？ 1475

克瑞翁 你说得对；这是我安排的，我知道你从前喜欢她们，现在也喜欢她们。

俄狄浦斯 愿你有福！为了报答你把她们送来，愿天神保佑你远胜过他保佑我。

（向二女孩）孩儿们，你们在哪里，快到这里来，到你们的同胞手里来，是这双手使你们父亲先前明亮的眼睛变瞎的，啊，孩儿们，这双手是那没有认清楚人，没有了解情况，就通过生身母亲成为你们父亲的人的。我看不见你们了；想起你们日后辛酸的生活——人们会叫你们过那样的生活——我就为你们痛哭。你们能参加什么社会生活，能参加什么节日典礼呢？[111]你们看不见热闹，会哭着回家。等你们到了结婚年龄，孩儿们，有谁来冒挨骂的危险呢？那种辱骂对我的子女和你们的子女都是有害的。什么耻辱你们少得了呢？“你们的父亲杀了他的父亲，把种子撒在生身母亲那里，从自己出生的地方生了你们。”你们会这样挨骂的；谁还会娶你们呢？啊，孩儿们，没有人会；显然你们命中注定不结
1502 婚，不生育，憔悴而死。

墨诺叩斯的儿子啊，你既是他们唯一的父亲——因为我们，她们的父母，两人都完了——就别坐视她们，你的甥女，在外流浪，没衣没食，没有丈夫，别使她们

和我一样受苦受难。看她们这样年轻，孤苦伶仃——在你面前，就不同了——你得可怜他们。

啊，高贵的人，同我握手，表示答应吧！

（向二女孩）我的孩儿，假如你们已经懂事了，我一定给你们出许多主意；但是我现在只教你们这样祷告，说机会让你们住在哪里，你们就愿住在哪里，[112]希望你们的生活比你们父亲的快乐。 1514

克瑞翁　你已经哭够了；进宫去吧。

俄狄浦斯　我得服从，尽管心里不痛快。

克瑞翁　万事都要合时宜才好。

俄狄浦斯　你知道不知道我要在什么条件下才进去？

克瑞翁　你说吧，我听了就会知道。

俄狄浦斯　就是把我送出境外。

克瑞翁　你向我请求的事要天神才能答应。

俄狄浦斯　神们最恨我。[113]

克瑞翁　那么你很快就可以满足你的心愿。[114]

俄狄浦斯　你答应了吗？

克瑞翁　不喜欢做的事我不喜欢白说。

俄狄浦斯　现在带我走吧。

克瑞翁 走吧，放了孩子们！

俄狄浦斯 不要从我怀抱中把她们抢走！

克瑞翁 别想占有一切；你所占有的东西没有一生跟着你。

众侍从带领俄狄浦斯进宫，克瑞翁，二女孩和传报人随入。

歌队长 忒拜本邦的居民啊，请看，这就是俄狄浦斯，他道破了那著名的谜语，成为最伟大的人；哪一位公民不曾带着羡慕的眼光注视他的好运？他现在却落到可怕的灾难的波浪中了！

因此，当我们等着瞧那最末的日子的时候，不要说一个凡人是幸福的，在他还没有跨过生命的界限，还没有得到痛苦的解脱之前。

歌队自观众右方退场。

注　释

［1］ 忒拜城国王拉伊俄斯因为没有儿子，到得尔福（Delphoi，又译作特尔斐）去问阿波罗（Apollon）：他到底会不会绝嗣。阿波罗答应给他一个儿子，但预言他会死在那儿子手中。后来他妻子伊俄卡斯忒果然生了一个儿子；三天以后，他就把他丢在喀泰戎（Kithairon）山上。婴儿的左右脚跟上钉着一颗钉子——即使这残废的婴儿没有死，被人发现了，那人也不至于把他收养。

这婴儿是伊俄卡斯忒亲手交给一个仆人的，曾吩咐他把孩子弄死。这人是拉伊俄斯家里的奴隶，得到主人信任。拉伊俄斯每年叫他上喀泰戎山牧羊，从 3 月到 9 月，都在那山上。

他在那山上结识了一个牧人，这人是科林斯（又译作科任托斯）国王波吕玻斯的仆人。拉伊俄斯的仆人可怜那孩子，把他送给了科任托斯牧人，这人把他带到科林斯。那时候波吕玻斯和王后墨洛珀（Merope）因为没有儿子，把这婴儿作为自己的儿子抚养着，科林斯人都称他为太子。他一直长到成人，从没有怀疑过他不是国王的亲生儿子。

有一天，一位客人在宴会上喝醉了，说出俄狄浦斯并不是国王的亲生儿子；俄狄浦斯随即去问国王和王后，他们痛责那醉汉，并安慰俄狄浦斯；可是俄狄浦斯觉得到处有人在议论，便亲自去向阿波罗求问。阿波罗没有指出他的父母是谁，只说他会杀死父亲，娶母亲为妻。

他离开阿波罗的庙地的时候，决定不再回科林斯。他向着东方走去，从福喀斯（Phokis，旧译作佛西斯）到玻俄提亚（Boiotia，旧译作比奥细亚）去。

这时候拉伊俄斯正从忒拜赴得尔福，去问他从前抛弃的婴儿到底死了没有。他只带了四个侍从。他们五个人在福喀斯境内的三岔路口，遇见了俄狄浦斯。他们因为叫他让路，和他起了冲突。俄狄浦斯竟把拉伊俄斯和他的三个侍从打死了。剩下的一个侍从逃回忒拜，撒谎说是一伙强盗把他们四个人杀死的。这生还的人正是从前伊俄卡斯忒打发去抛弃那婴儿的仆人。

忒拜人曾经追究过这件凶杀案，但没有结果。国王死后不久，他们又遇着新的灾祸。赫拉（Hera）为了向她的情敌塞墨勒（Semele，酒神的母亲）报复，打发了一个人面狮身的妖怪来为害忒拜，这妖兽坐在城外的山上，背诵一个谜语，问什么动物有时四只脚，有时两只脚，有时三只脚，脚最多时最软弱。凡是回答不出的人都被它吃掉了。忒拜人正在失望的时候，那游浪的俄狄浦斯前来道破了这谜语，他说是人，因为一个人生下地时是四只脚，年老了以后加上一根拐杖，又成了三只脚。那妖怪听了，便跳崖自杀了。那些感恩的忒拜人立俄狄浦斯为王。他娶了拉伊俄斯的寡妻伊俄卡斯忒。

俄狄浦斯登位的时候，那先前逃回来的仆人恰好在城里，他跑来跪在伊俄卡斯忒面前，拉着她的手，求她把他派到远方的牧场上去重操旧业。一个忠心的老仆人只有这一点小小的恳求，王后立刻就同意了。

大概又过了十六七年。这期间伊俄卡斯忒生下了二男二女，根据本剧尾上的情节看来，那两个女孩不过才十岁多点。

这时候忒拜城发生了瘟疫。一大群儿童，青年，老年人和一位老祭司来到国王面前求救。

［2］ 古雅典剧场里，人物的上下场有一定的规矩：从市场里（亦即城里）或海上来的人物应自观众右方上，从乡下来的人物应自观众左方上；到市场里或海上去的人物应自观众右方下，到乡下去的人物应自观众左方下。

［3］ 卡德摩斯（Kadmos）是腓尼基国王阿革诺耳（Agenor）的儿子。宙斯化成一头牛，把他的姐妹欧罗巴（Europa）拐走以后，他

父亲便叫他去寻找，找不到不许回家。卡德摩斯遍寻不遇，便去向阿波罗求问，阿波罗告诉他去尾追一头母牛，在牛累死的地方建一座城。他因此建立了卡德墨亚（Kadmeia），即后来的忒拜城的卫城。据说希腊字母就是由他从腓尼基或埃及介绍来的。

［4］ 在习惯上，乞援人都举着这种橄榄枝，请求如果不成功，把橄榄枝留在祭坛上；如果成功，便把树枝带走。

［5］ 宙斯是克洛诺斯（Kronos）和瑞亚（Rhea）的儿子，为众神之首。

［6］ 斯特洛菲亚（Strophia）河把忒拜城分作东西两部：西部是卫城，东部是外城。忒拜有两个市场，其中一个是卫城北部的卡德墨亚市场，另一个是外城里的市场。这里市场是复数，就是指这两处市场。

［7］ 帕拉斯（Pallas）是雅典娜（Athena）的别名，雅典娜是宙斯的女儿。双庙之一是俄格卡（Ogka）庙，在西门俄格卡附近；另一个是卡德墨亚庙，又叫伊斯墨诺斯（Ismenos）庙。

［8］ 此处的伊斯墨诺斯不是指河流，而是指河旁的阿波罗庙。人们在那庙上焚献牺牲，从燔祭里看出神的意思。所谓“火灰”即是指那庙上的祭坛。阿波罗是宙斯和勒托（Leto）的儿子。

［9］ “歌女”指狮身人面的妖兽。这种妖兽在埃及人的想象中没有翅膀；在希腊，它是经悲剧家描写有翼的妖兽以后才加上翅膀的。这

兽在埃及为男性，在希腊为女性。他曾经吃掉许多忒拜人，这就等于向他们征收贡命税（参看注［1］）。

［10］墨诺叩斯（Menoikeus）是彭透斯（Pentheus）的孙儿。福玻斯（Phoibos）是阿波罗的别名。皮托（Pytho）是得尔福的旧名，得尔福在福喀斯境内。

［11］那些靠近观众左方的进出口坐着的乞援人向祭司打了个手势，表示克瑞翁回来了。

［12］俄狄浦斯只知道拉伊俄斯死了，并不知道那人的故事，这是剧情唯一的弱点。他做国王的时候，前一位国王拉伊俄斯才死不久，况且俄狄浦斯做了这许多年国王，怎么会不知道拉伊俄斯被杀的故事呢？

［13］“强盗”是单数，但不是有意变换的，因为俄狄浦斯并没有想到是一个凶手把拉伊俄斯杀死的。

［14］指他妻子的前夫拉伊俄斯。

［15］这“手”字使观众联想到俄狄浦斯后来用自己的手弄瞎了眼睛。

［16］古希腊的合唱歌分若干曲，每曲又分首节，次节与末节（有的合唱歌缺少末节），每曲首次两节的节奏和拍子是相同的，但各曲的节奏和拍子彼此不同。末节的节奏和拍子与首次两节的不同，但全

歌中各曲末节的节奏和拍子是相同的。

[17] 阿波罗代宙斯颁发神示，所以此处称宙斯的神示。歌队还不知道克瑞翁带回的神示是吉是凶，但总希望是“和祥的”。

[18] 皮托庙上储存着许多金银，故称“黄金的皮托”（参看注[10]）。

[19] 得罗斯（Delos，又译作“提洛”）是爱琴海上的小岛，为阿波罗的生长地。“医神”指阿波罗。

[20] 雅典娜是从宙斯头里生出来的，她是雅典城的守护神。阿耳忒弥斯（Artemis）是宙斯和勒托的女儿，同阿波罗是孪生姐弟。

[21] 忒拜平原以肥沃闻名。

[22] 意即妇人于产前死去或产下已死的胎儿。

[23] 荷马诗中，上界与下界交界处在日落的幽暗地方，故称冥土之神为“西方之神”。下至冥土须渡过冥河。

[24] 阿瑞斯（Ares）是宙斯和赫拉的儿子，他在此处不仅是战神，而且成了万物的毁灭者。

[25] “安菲特里忒的海”指大西洋。安菲特里忒（Amphitrite）是海神波塞冬（Poseidon）的妻子。“不欢迎客人的”是黑海的特别形容词。黑海西岸有一支野蛮民族，他们杀客人来祭献，战神曾住在他们那里。特剌刻（Thrake，又译作色雷斯）在黑海西岸。

[26] 意即死神破坏不足，战神便出来帮忙破坏。

[27] “吕刻俄斯王”是阿波罗的别号之一。一说吕刻俄斯（Lykeios）大概是“光明”的意思，一说是由阿波罗杀狼一事而来，另一说是由吕喀亚（Lykia）山而得名字的。

[28] 吕喀亚（又译作吕西亚）山在小亚细亚。

[29] 酒神狄俄倪索斯（Dionysos）又名叫巴克科斯（Bakkhos），忒拜城也名叫巴克刻亚（Bakkheia）；又忒拜的卫城名叫卡德墨亚，酒神也名叫卡德墨亚的神，故此处说酒神和忒拜城同名。欧伊俄斯（Euios）是酒神的别名，由酒神的信徒的欢呼声而得名字。“狂女”是酒神的女信徒。

[30] 此处原文缺三个缀音，“盟友”一词是后人填补的。

[31] 拉布达科斯（Labdakos）是卡德摩斯的孙子，忒拜的王。

[32] 告发凶手的人可能被凶手告发是他的帮凶。俄狄浦斯的意思是说，即使告发者被发现是凶手的帮凶，但因为他告发了凶手有功，将只被流放，不受严重的惩罚。

[33] 希腊古人把祭坛上的柴火浸到水里，再用那水来净洗杀人罪。

[34] 俄狄浦斯还不知道拉伊俄斯生过儿子。

[35] 原文作“为了替古阿革诺耳的儿子老卡德摩斯的儿子波吕

多洛斯的儿子拉布达科斯的儿子报仇”。拉布达科斯是拉伊俄斯的父亲，波吕多洛斯（Polydoros）是他的祖父，卡德摩斯是他的曾祖父，阿革诺耳是他的高祖父。

[36] 第122行说是一伙强盗杀的，此处却说是几个旅客杀的，故事越说越真实了；但俄狄浦斯并没有注意到这两个消息不同的地方。

[37] 先知能借鸟声卜吉凶。

[38] 指拉伊俄斯。

[39] 忒瑞西阿斯两次被召请，勉强前来。倘若他时常记住这是件可怕的事，他就不会来的。这时候，他当着俄狄浦斯面前，才真正感觉到他所保守的秘密是件极可怕的事。

[40] 这秘密压在忒瑞西阿斯心上，使他感觉痛苦。

[41] 暗指俄狄浦斯的妻子即是他的母亲。“自己的”一词在俄狄浦斯听来是承上文指“自己的坏脾气”；可是在观众听来却成了“自己的母亲”。

[42] 指统治的技能，兼指俄狄浦斯破谜的技能。

[43] “化子”本义特指库柏勒（Kybele）的女祭司，她每月向人化缘。

[44] 那狮身人面的妖兽所背诵的是古体诗。

[45] 罗克西阿斯（Loxias）是阿波罗的别名。

[46] 居住在雅典的外国人须请一位雅典公民作保护人，若遇讼事，本人不能自行答辩，须由保护人代替。忒瑞西阿斯被俄狄浦斯告发是克瑞翁的党羽，他既不是外国人，自然有自行答辩的权利。诗人在此处把他自己的时代的法律习惯运用到英雄时代。

[47] 暗指他住在他被杀的父亲家里，并且那凶手是他自己。

[48] 喀泰戎山脉一部分在玻俄提亚南部。

[49] 特指俄狄浦斯的妻子是他的母亲。

[50] 这瞎眼先知仿佛能看见俄狄浦斯的容貌。

[51] 这神示是从得尔福的阿波罗庙内的石穴里发出的。“石穴”或解作“石坡”。

[52] 帕耳那索斯（Parnassos）是得尔福北面的高山，从忒拜望得见。本剧编订者哲布在他的《现代希腊》第75页说，他从喀泰戎山顶望见帕耳那索斯倔立在西北，虽是在五月中，那山顶上还有雪光。

[53] 相传宙斯曾遣二鹰自大地边缘东西相向飞行，二鹰在得尔福上空相遇，故此处称那地方为“大地中央”。

[54] 意即不止伤及他和亲戚的关系，而且伤及他和城邦的关系，因为他若害了姐夫俄狄浦斯，也就是害了国王。

[55] 此处残缺了一行。

[56] 赫利俄斯（Helios）是太阳神。

[57] 伊俄卡斯忒本是很敬神的，可由第646到648行一段和她以后求神一事（见第911行以下一段）看出来。但是她为了神示的缘故牺牲了自己的婴儿，还救不了她的丈夫：这件事使她相信只有天神才能知道未来，凡人是没有预知的本领的。所以她现在说，那神示并不是福玻斯亲自说出的，而是祭司假造的。

[58] 神示这样说："拉布达科斯的儿子拉伊俄斯啊，我答应你的请求，给你一个儿子；但是你要小心，你命中注定会死在你儿子手中！这命运是宙斯注定的；因为他听了珀罗普斯的诅咒，珀罗普斯抱怨你杀死了他的儿子，想要复仇，才祈求宙斯给你这样的命运。"拉伊俄斯曾拐带珀罗普斯（Pelops）的儿子克律西波斯（Khrysippos），这孩子一离家就自杀了。这是拉伊俄斯一家人的灾难的根源。

[59] 上面第716行所提及的"三岔路口"和"外邦强盗"使国王吃惊。

[60] 福喀斯在希腊中部，得尔福和道利亚（Daulia）同是这区域里的两座古城。从忒拜赴得尔福要经过这三岔口，现在还叫三岔口。从道利亚沿着帕耳那索斯东麓下行，一小时半可以走到。哲布在他的《现代希腊》第79页这样说："从得尔福和从道利亚前来的道路会合处有一个灰色的小荒丘，还有一条道路向南支去。我们可以从那地方望见俄狄浦斯由得尔福前来的道路。我们沿着那被他杀死的人所走过的

道路走去，前面的道路很荒凉，右边是帕耳那索斯山，左边是赫利孔（Helikon）山北麓。那南方现出一个峡谷，上接赫利孔山，峡谷里的荒石间点缀着稀疏的青翠，那景象真是雄壮与苍凉。”

[61] 这草地在喀泰戎山上或那附近。这人本是一个牧人，后来才做拉伊俄斯的侍从。他求去的原因一方面是害怕王宫里的污染，一方面是自觉惭愧，因为他们好几个人竟被一个路人打败了。

[62] 多里斯（Doris）在福喀斯西北。

[63] 哲布注云，那领路的人是传令官，俄狄浦斯从那条窄路下来的时候，遇着他在车前领路。那人携带着一根小杖，很容易辨识他是传令官。他很凶地叫俄狄浦斯让开，拉伊俄斯也从车上命令他让路。于是那马前的司车把俄狄浦斯推开。俄狄浦斯不能打击那神圣的传令官，便向司车打去。他经过车旁的时候，被拉伊俄斯用刺棍打了一下，他便朝车上冲去，传令官赶快回头来救。俄狄浦斯竟打死了拉伊俄斯、传令官、司车和一个侍从。另一个侍从却逃跑了。

[64] 这刺棍的一端有两个尖头，是用来刺马的。司车下来带马上行的时候，把刺棍留在车上。

[65] 许多编订者认为“那生我养我的父亲波吕玻斯”是伪作。其实这一行对于剧情的发展很有关系；因为俄狄浦斯虽然疑心他杀了拉伊俄斯，却不曾想到拉伊俄斯就是自己的父亲，还把波吕玻斯当作他的

生身父亲呢。

［66］ 伊俄卡斯忒的意思是说：“即使他说是一个人杀的，证明了是你杀的，也不能认为那神示就应验了；因为拉伊俄斯命中注定会死在我儿子手中，可是我那儿子早已死了。这样看来，那神示并没有应验；因此我也不相信阿波罗的神示，说你会杀死你父亲波吕玻斯。”

［67］ 奥林匹斯（Olympos）山在希腊北部，高约 2900 米，为众神的住处。此处指天，指宙斯。

［68］ 讽刺俄狄浦斯对待克瑞翁的傲慢态度。

［69］ 因为这一跌头先落地。

［70］ 正义之神是宙斯和忒弥斯（Themis）的女儿。

［71］ 此处大概暗射公元前 415 年赫耳墨斯柱像（Hermai）被毁一事。当雅典水师将要开赴西西里的时候，雅典城内的赫耳墨斯像忽然被人毁坏了。这是些方形石柱，顶端雕刻着赫耳墨斯的头。

［72］ 奥林匹亚（Olympia）在希腊西部，为开奥林匹克运动会与祭祀宙斯的地方。阿拜（Abai）在福喀斯西北的山上。

［73］ 宙斯别号“宙斯王”。

［74］ 伊俄卡斯忒苦劝俄狄浦斯，全不见效。她并没有派人去召唤那牧人。她这次拿着缠羊毛的树枝进来，把树枝放在阿波罗的祭坛上。

[75] “庙”指雅典娜庙与阿波罗庙。伊俄卡斯忒本想到庙上去，但为了近便起见，向宫前的阿波罗祈求。

[76] “旧事”指第 711 行以下一段所说的事，即阿波罗对拉伊俄斯发出的神示没有应验；“新事”指忒瑞西阿斯先知说俄狄浦斯是杀父的凶手。

[77] 关于吕刻俄斯，参看注 [27]。

[78] 报信人是从科林斯来的。他这一来，伊俄卡斯忒刚才的祈祷好像立刻就有了回应。

[79] “全福”一词赞美这位夫人生得有儿女。或解作“他的妻子，家里的主妇”。

[80] 伊斯特摩斯（Isthmos）是科林斯附近的地峡。

[81] 那称生命的天平另一端的砝码码稍微减少一点，这一端便往下坠，表示寿命已尽。

[82] 此处大概暗射希庇阿斯（Hippias）的故事。希庇亚斯是雅典的僭主，后来被放逐。他在马拉松之役（公元前 490 年）前夕做了这样一个梦，他把雅典当作母亲，认为这是他借波斯兵力复辟的吉兆（见希罗多德的《历史》第六卷第 107 段）。

[83] 这是比较年长的人对比较年轻的人的称呼。

[84] 从第 1042 行起，伊俄卡斯忒就知道不好了。但她还在设法

不让俄狄浦斯知道事情的底细。俄狄浦斯却认为伊俄卡斯忒害怕发现他自己出身卑贱。

[85] 这合唱歌节奏很活泼，表现快乐的情调。当伊俄卡斯忒进宫的时候，歌队就感觉事情不妙；但这个忧虑被俄狄浦斯一番自慰的话打消了，因而产生了快乐的心情。由于俄狄浦斯的身世快要被发现了，观众没有耐心听这种快乐的歌，所以这合唱歌是很短的。

[86] 本剧大概是在3月底4月初举行的“酒神大节”（Dionysia）上演的。酒神大节以后便逢四月初的“月圆节”（Pandia）。

[87] 潘（Pan）是阿耳卡狄亚（Arkadia）的半人半山羊的神。

[88] 阿波罗曾为阿德墨托斯（Admetos）牧过牛羊，他可能在原野上同仙女们有来往。

[89] 库勒涅（Kyllene）山是赫耳墨斯的生长地，在阿耳卡狄亚东北部，高约2400公尺，从玻俄提亚望得见。“王”指赫耳墨斯，为宙斯和迈亚（Maia）的儿子。

[90] 关于“狂女们”，参看注[29]。“神”指酒神。赫利孔山在玻俄提亚境内。

[91] 阿耳克图洛斯（Arktouros）是北极上空农夫星座最亮的星（即大角星），在秋分前几天出现，叫作晨星；又在春分前几天出现，叫作晚星。波吕玻斯的牧人于3月间从科林斯赶羊上喀泰戎山，在那里遇

见拉伊俄斯的牧人，后者是从忒拜平原来的。他们在山上住了六个月，直到9月中晨星出现时，他们才各自赶着羊回家。

[92] 这不仅暗示他要弄瞎眼睛，并且暗示他要自杀。

[93] 传报人通常是一个从屋里出来的人，他报告景后所发生的事。

[94] 伊斯忒耳（Ister）是多瑙河的古名。法息斯（Phasis）河是从小亚细亚流入黑海的河流。

[95] 我们可以想象，伊俄卡斯忒在第1072行后面很失望地冲进宫，穿过门廊，这门廊通向院子，院子四周有石柱环绕着。她穿过了院子，进入卧房，把门关上。不久俄狄浦斯狂呼着进去，院中的人恐惧地望着他。他嚷着要剑，问王后在哪里；他随即破门进入卧房。

[96] 伊俄卡斯忒左右肩上各有一只系衣的别针，可当小剑使用。

[97] 指他的妻子伊俄卡斯忒和他的儿女。

[98] 指他的母亲伊俄卡斯忒和他的父亲拉伊俄斯。

[99] 第1297到1312行是短短长节奏的诗，后面才是分节的哀歌。

[100] 指上面所说的肉体上与精神上的痛苦。

[101] 俄狄浦斯神志清明，感觉锐敏；一个糊里糊涂的人绝不会像他这样感觉痛苦的。

[102] 俄狄浦斯在世时瞎了眼睛，他去到冥土时也就是瞎子，正像忒瑞西阿斯在冥土依然是个瞎眼的先知。

[103] 指由外界声色所引起的忧愁。

[104] 这婚礼使俄狄浦斯成为他儿子们的父亲和哥哥，他妻子的儿子，并且使伊俄卡斯忒成为她儿子俄狄浦斯的新娘和妻子，她同时又是她这儿子的母亲。

[105] 俄狄浦斯起初认为克瑞翁是来责备他的。

[106] “毁了”可以指“被放逐”，也可以指“被处死刑”。克瑞翁带回的神示并没有肯定放逐或处死，参看第100行。

[107] 在索福克勒斯的悲剧《俄狄浦斯在科罗诺斯》(*Oidipous epikolonoi*)里，俄狄浦斯漂流到雅典西郊科罗诺斯村，得到一个神秘的结局。

[108] 指波吕涅刻斯(Polyneikes)和厄忒俄克勒斯(Eteokles)。

[109] 古希腊人的饭桌在吃饭时候才拿进屋来支上。

[110] 安提戈涅(Antigone)是长女，伊斯墨涅(Ismene)是次女。

[111] 此处所描写的是诗人自己的时代的生活。当时的雅典妇女可以参加公共集会，如像追悼会。“节日”指酒神节日和雅典娜节日等。在酒神节日里，妇女们可以看悲剧。这些节日都是富于宗教意味

的，不清洁的人不得参加。希腊人在公共场所的感觉是很锐敏的。得马剌托斯（Demaratos）在斯巴达看戏时被人侮辱，他立即用长袍盖着头退出了剧场。

[112] 这话内在的意思是："如果可能，就住在忒拜；否则就随天神遣派，去到一个不十分使你们感觉痛苦的地方。"俄狄浦斯知道，若是克瑞翁不留她们住在忒拜，她们就会到处漂泊。

[113] 意即神们最恨他，不会不答应的。

[114]《俄狄浦斯在科罗诺斯》剧中（见第433行以下一段）说克瑞翁起初把俄狄浦斯留在忒拜，这自然不合俄狄浦斯的意思。过了一些时候，俄狄浦斯心里平静了，愿意留下，但忒拜人却要把他放逐，克瑞翁这才把他送出国外。

附录 《俄狄浦斯王》1936年版材料

译者序

这译本是根据哲布（Sir Richard C. Jebb）所编的《索福克勒斯丛书》（Sophocles, *The Plays and Fragments*）第一卷《俄狄浦斯王》（*The Oedipus Tyrannus*）译出的。译者所采用的是1914年的剑桥翻印本。哲布的学识很宏富，考证很周密，但有一些小地方，译者却没有依照他的解释译出。

译者于1922年冬天在雅典国家剧场里看过本剧。希腊人把这古典语言改成了现代希腊语，用轻重节律（Rhythm）来替换古代的长短节律。那次的舞台背景是一道宫墙，观众左边有一道巷子引入宫中。墙外只立着一所祭台，观众右边有一道阶级。布景变成了这样简单。俄狄浦斯弄瞎了眼睛出来时，观众很动情，怜悯的成分似乎较恐惧的成分为多，也许是因为如今的宗教心理全然改变了。

译者在雅典时，从学美国菩敦（Bowdoin）学校教授密恩斯先生（Thomas Means），朝夕与先生研究本剧，有许多疑难的地方都承先生指教。先生曾将此剧译成英文，在美国出演过。

译者十分感谢一位朋友在大暑天帮了他许多忙。

1924年8月10日，北平

索福克勒斯小传

索福克勒斯于公元前约495年生在雅典西北郊的科罗诺斯（Colonus）。他比埃斯库罗斯（Aeschylus）年幼三十岁，比欧里庇得斯（Euripides）却年长十五岁。他父亲名叫索非拉斯（Sophilus），或叫索非尔拉斯（Sophillus）。关于他的身世我们全然不清楚，但我们知道索福克勒斯曾受过很高的教育，在音乐与体育两种最重要的希腊教育方面受过谨严的训练，且在这两方面得过花冠奖品。正当他十六岁时，雅典城庆祝萨拉密斯（Salamis）大战的胜利，绕着战利品举行胜会，叫索福克勒斯赤着身子，抱着弦琴，领导歌队高唱凯旋。由这一点可见那时他的身体发育得很完美，对于音乐和舞蹈具有特别的长处。

他于公元前468年初次在戏剧上显露头角，他那时才二十七岁，便首先出来和他的长辈埃斯库罗斯作对，那位老作家到那时已经握了一世的权威。那次的“酒神大节”（Great Dionysia）特别严重，因为赛蒙（Cimon）将军从赛拉斯（Scyrus）携着忒修斯（Theseus）的遗骸归来，政潮闹得很凶，弄得地方官不敢用拈阄法来派定评判员。正当判决时，赛蒙带着九位同僚进入剧场里，地方官在祭台前止住他们，叫他们发誓要公正地评判。他们把头奖赠予索福克勒斯，埃斯库罗斯仅得了次奖。这位老作家恼羞成怒，离开雅典，回西西里（Sicily）去了。从此后索福克勒斯便霸占了雅典的剧场，直到公元前441年才被欧里庇得斯赛败了。次年春天他又表演了《安提戈涅》（*Antigone*），很能得雅典人的欢心。在萨摩斯（Samos）之役，他便做了培利克利斯（Pericles）手下十大将军之一。到了晚年，他的儿子易俄封（Iophon）看见他疼爱孙儿，很生妒忌。他听说这老头子要把大部分家产传与孙儿，便控告他神经衰败，做事太糊涂。这老人当庭宣读他新近才写就的《俄狄浦斯在科罗诺斯》。法官听了他这崇高伟壮的诗句，知道他的神经并没有衰败，立刻就辞退了这件案子，还斥责易俄封不孝敬亲老。这位悲剧家死于公元前406年，享了九十岁的高寿。

古今的批评家都说索福克勒斯是希腊最伟大的悲剧诗人。他的风格很雄壮，表现又完美，这两点很受古代批评家称誉。他是一位多产的作家，据说他写了130个剧本。我们知道他一共得了18次悲剧奖赏，每次参加以四个剧计算，那么他的作品有三分之二是成功的，且从未得过末奖。他仅仅遗下七个剧本，即是《埃阿斯》(*Ajax*),《厄勒克特拉》(*Electra*),《俄狄浦斯王》,《俄狄浦斯在科罗诺斯》(*Oedipus at Colonus*),《安提戈涅》,《特剌喀斯少女》(*Trachiniae*)和《菲罗克忒忒斯》(*Philoctetes*)，那第四个剧《俄狄浦斯在科罗诺斯》是他死后，他同名的孙儿才拿出来表演的。

原编者引言（节译）

一、题旨

在某一种意义上，《俄狄浦斯王》是雅典的悲剧杰作。旁的剧本在结构的发展上可没有这样高明，这种高明的地方全靠人物的巧而有力的描写。近代戏剧可以将次要部分随意增减，剧景也可以随意变换：这样一来，结构与人物便不容易像本剧这样紧凑在一起。

我们不妨尽力去追寻俄狄浦斯故事的原形，看索福克勒斯增删了多少，且看旁的剧作家怎样处置这题材，这都是很有趣的。

这神话的题旨是一个儿子杀害他所不认识的父亲，因而实现了那注定的命运。那娶母一事若不是原有的故事，倒是很早就添入了的。这神话有两个中心观念：第一个是难逃的命运；第二个是圣洁的天伦关系，这后一个观念是由那可怕的逆伦的罪恶反衬出来的。这两个观念仅由这种简明的形式表现出来，从这一点可以推想这神话原是很古的。我们可以拿阿诺德（Matthew Arnold）的《苏劳布与卢斯泰姆》（*Sohrab and Rustum*）一诗来比较：在那首诗里，一个父亲杀死了他所不认识的儿子，因而生出了许多感伤与骑士的柔情；这种情感在这个希腊神话原有的简单形体里是绝对找不出的。

二、荷马史诗

《伊利亚特》（*Iliad*）里面说起俄狄浦斯的儿子波吕涅刻斯（Polynices）带着友军去攻打忒拜（Thebes），也曾说起麦客斯条斯（Mecisteus）到忒拜去参加俄狄浦斯的葬仪。那原诗恍惚说俄狄浦斯是被凶杀而死的。

《奥德赛》（*Odyssey*）说得比较详细：

> 我看见俄狄浦斯的母亲厄匹卡斯忒（Epicaste）（在悲剧里叫伊俄卡斯忒），她不知不觉就做了一件很坏的事，嫁给了她自己的儿子；那儿子杀了父亲后更讨娶了母亲；天神把这些事体告诉了凡人。但俄狄浦斯还在忒拜高城上称尊，忍受着天神的恶意。厄匹卡斯忒自缢身死，去到了冥府；她给国王遗下了许多苦处……

在这个大纲里，没有提起俄狄浦斯驱除妖兽，解救忒拜城的故事（虽是这一点可以由娶母一事推测出来）。也没有提起俄狄浦斯自己弄瞎了眼睛；更没有提起他被逐出境：这最后一点与《伊利亚特》里的故事相符。《奥德赛》且没有暗示伊俄卡斯忒为俄狄浦斯生下子女，因为他们结合不久，事情就暴露了。

三、旁的史诗

赫西俄德（Hesiod）遗失的诗里也许提起过这故事。他传下的诗里仅涉及俄狄浦斯的两个儿子“为争夺父亲的羊群”在祖城里拼命。赫西俄德且知道那狮身人面的妖怪在忒拜城为害。

有一些遗失了的叙述忒拜神话的史诗曾详叙俄狄浦斯故事。当中有一部叫作《俄狄浦斯史诗》(*Oedipodeia*)。这部诗里说俄狄浦斯的四个儿女不是伊俄卡斯忒所生的，乃是他一位续弦攸利干奈亚（Euryganeia）所生的。这一点和《奥德赛》里所说的相符。即是伊俄卡斯忒并没有为俄狄浦斯生下子女。据我们所知，只有雅典诗人才说她生过儿女。那些想讨好多利安人（Dorians）的诗人与史家不说伊俄卡斯忒生过子女，自有他们的理由。因为有一些世家自认是俄狄浦斯的后裔，如像西隆（Theron）自认是俄狄浦斯的儿子波吕涅刻斯（Polyneices）的后裔。若说他们的先人是由那不洁的婚姻所出的，不异于说那河水的泉源是污浊的。

在《西普利亚》(*Cypria*）史诗里，涅斯托尔（Nestor）也曾说起这故事。……还有一部《忒拜史诗》(*Thebaid*)——不是后来安提马卡斯（Antimachus）所写的同名的史诗——只剩下约莫20行，叙述俄狄浦斯咒诅他的儿子日后会争夺王权，自相残杀，因为他们违背了父亲的告诫，曾把拉伊俄斯所用过的酒杯放在他的桌上。

四、品达

品达（Pindar）也曾提起过这故事，见第二个《俄吕谟匹阿歌》（*Olympiad*）第 47 行以下：

> ……自从那日那倒霉的儿子逢着拉伊俄斯，把他杀了，圆满了日神的预示。但报复女神们见了，使他那两个好战的儿子自相残杀。

在这里那报复女神原是为报复那杀父的冤仇，并非为响应俄狄浦斯的咒诅，才败坏了他的儿子。平达且有残句说起那女妖的谜语；他还引用过“俄狄浦斯的智慧”一语。

五、史家

那些史家详叙忒拜神话时，不至于删去了俄狄浦斯传说。黑拉奈卡斯（Hellanicus）曾说起那自己弄瞎了眼睛的俄狄浦斯。斐累赛提斯（Pherecydes）著有一卷忒塞拜神话。据他说伊俄卡斯忒曾为俄狄浦斯生下两个儿子，同被密尼伊人（Minyae）杀死了。至于那四个儿女（指厄忒俄克勒斯［Eteocles］，波吕涅刻斯［Polyneices］，安提戈涅［Antigone］和伊斯墨涅［Ismene］）乃是继母所生的。

六、悲剧家

这故事的纲领虽是固定的，但细节各自不同，可以任人取舍。那三大悲剧家，埃斯库罗斯，索福克勒斯和欧里庇得斯采用了一些新的细节，这些细节不是先前的传说里面所有的。他们说那四个儿女是伊俄卡斯忒所生的，不是继母所生的。他们又说那两个儿子的命运原是俄狄浦斯咒诅出来的。我们不十分明了欧里庇得斯怎样处置这个故事；但埃斯库罗斯与索福克勒斯两人的计划却有很大的差别。

埃斯库罗斯处置这个故事，正如同他处置阿咖门农（Agamemnon）的故事一样。他把俄狄浦斯当作一个“四部曲”里面的首要人物，这“四部曲”追叙到拉布达科斯（Labdacus）家中所承受的咒诅，正如《俄瑞斯忒亚》

（*Oresteia*）三部曲追叙到珀罗普斯（Pelops）家中所承受的咒诅。那四部曲的第一部是《拉伊俄斯》(*Laius*)，第二部是《俄狄浦斯》，第三部是《七将攻忒拜》(*Seven Against Thebes*)；那完成这四部曲的笑剧是《狮身人面的妖兽》(*Sphinx*)。《拉伊俄斯》只剩下几个字，《俄狄浦斯》也只剩下三行。《七将攻忒拜》却完全存在，我们可以从这剧里（由第 772 行至第 791 行）看出《俄狄浦斯》一剧的概略。埃斯库罗斯正如索福克勒斯一样，把俄狄浦斯放在最得意的时期中。这主人公拯救了忒拜城，很受那地方的人民崇敬。但后来他发觉了那逆伦的婚姻，自己弄瞎了眼睛，还咒诅他的儿子为争夺王权日后会自相残杀。这咒诅且是戏剧顶点的一部分，在诗人看来，这是很重要的，因为这正好表明报复女神们不断的活动。

七、索福克勒斯

《俄狄浦斯王》不属于一个三部曲，乃是一个独立的剧本。剧本的顶点是俄狄浦斯发觉他自己的身世，同时注重发觉时所生的影响，不注重后来的结果。如其作者盼望一个成功的结构，他必须把这个“发觉”预备得很自然；这“发觉”的进展当越来越有趣；等到完成时，剧中的情景必须有绝大的倒转。索福克勒斯的成功就在他的结构上。在分析本剧的结构以前，我们得注意作者的两点发明：

（1）原说俄狄浦斯在襁褓时被他的母亲遗弃在喀泰戎山上，幸亏那儿的牧人寻见了他，把他养在那崇拜报仇神的西喜嗡（Sicyon）或是养在玻俄提亚南部。索福克勒斯却叫拉伊俄斯的牧人把那婴儿交与波吕玻斯（Polybos）的牧人，这接受的人把他养为己有。作者这样制就了两种证据，这两种证据在最后的“发觉”里会合在一起。且因此俄狄浦斯对于自己的身世问题，由烦闷，恐惧，进展到希望的境界里，这和观众所知道的真实情形恰恰相反。

（2）埃斯库罗斯的《俄狄浦斯》残句里表明那国王在波特尼伊（Potniae）附近的三岔路上杀了拉伊俄斯，那地方在博俄替阿境内，正当忒拜与普拉提阿（Plataea）间的大道。游历家保塞尼阿斯（Pausanias）曾在那遗址里见到地母和地女（Demeter 和 Persephone）的圣林。这地方且是报复女神的圣地：“波特尼伊”的本意是“可畏的”，这原是报复女神的称号。这地点最合于埃斯库罗斯的用意：他们两父子承受了家中的咒诅，在报复女神的圣地彼此相逢。

但这地方不合于索福克勒斯的用意。在他看来，剧中的神明主宰不是报复女神，而是福玻斯。他把那肇事的地点由波特尼伊移到道力阿（Daulia）附近的三岔路上，那地方与得尔福同在福喀斯境内。波特尼伊的分岔路已寻不见了；但福喀斯的过道与索福克勒斯剧中的情节很相合这地点的变换表示剧里的人物不受报复女神的掌管，而受福玻斯的掌管：只有福玻斯才能泄漏那不洁的行为，惩罚那不洁的人，且能使那流浪的人得到最后的安息，使那为无心的罪恶而伤心的人得到最后的宽赦。

八、故事的前部

本剧没有说起这故事的前一部分。索福克勒斯不像欧里庇得斯那样在开场时叙明故事的本源。诗人所想象的这故事的前一部分得在本剧的零星散漫处去寻找；再把这些段片连接起来，才能使我们完全了解这部作品。

忒拜国王拉伊俄斯因为没有子嗣，跑去得尔福访问福玻斯，到底他会不会绝嗣。福玻斯答应给他一个孩子，但他自己却会死在那儿子手中。后来伊俄卡斯忒真为他生下了一个儿子；三天之后，他就把他抛弃在喀泰戎山上。婴儿的足部钉上了一颗钉子——即使这残废的婴儿没有死去，被人家发现了，那人也不至于收养他；这孩子后来竟因此取得了“俄狄浦斯”这个名字，这名字的本意就是“脚肿”。

伊俄卡斯忒亲手把这婴儿交与一个用人，吩咐把他弄死。这人是拉伊俄斯家中所生的奴隶，因此很得主人信任。拉伊俄斯每年叫他上喀泰戎山上去牧羊，从三月牧到九月。

他在那山上结识了一个牧人，这人是科林斯国王波吕玻斯的用人。拉易俄斯的用人可怜那孩子，把他交给了这位科林斯牧人，这人把他带到了他自己的祖城里去。那时候波吕玻斯和他的王后墨洛珀（Merope）也没有子嗣，便把这婴儿养为己有。科林斯人都奉他做太子。他一直长到成人，从未怀疑过他是不是国王的血肉。

但有一天一位客人在宴会里喝醉了，说俄狄浦斯并不是国王的亲生；这太子跑去问国王和王后，他们痛斥那醉汉，安慰了俄狄浦斯，但他觉得到处都有人在议论他，便决心亲自去访问福玻斯。福玻斯没有指明他的父母是谁，却说他会杀死他的父亲，讨娶他的母亲。

他便离开了福玻斯的朝地，决定不再回到科林斯故乡去。于是他向着东方走去，从福喀斯去到了玻俄提亚。

这时候拉伊俄斯正从忒拜城赴得尔福去访问他从前抛弃的婴儿到底死了没有。他没有带许多卫士，只带了四个随从。这五个人在福喀斯境内的三岔路上，逢着俄狄浦斯。他们起了口角，俄狄浦斯杀死了拉伊俄斯和他的三个随从。那第四个随从逃回忒拜城去，说是一大群强盗杀害了他们。这生还的人正是从前拉伊俄斯和伊俄卡斯忒打发去抛弃那婴儿的牧人。

忒拜人曾经寻求过这凶杀的线索，全然无效。国王崩驾不久，他们又遇着一件新的祸患。天后（Hera）打发了一个人面狮身的女妖来扰害忒拜城，这妖兽坐在城外的山上，传诵一道谜语，问什么动物有时两足，有时三足，有时四足，这东西脚最多时，最是软弱。凡是回答不出来的人，都被它处死了。忒拜人失望极了；就是忒瑞西阿斯先知也无能为力。那游浪的俄狄浦斯却跑来道破了这谜语，他说是“人”，因为一个人生下地时是四只足，老来时加上一根拐杖，又变成了三只足。于是那妖怪便坠崖自杀了。那些感恩的人民把王位献给了这位救星，同时拉伊俄斯的寡后伊俄卡斯忒也嫁给了他。

正当俄狄浦斯登极时，那先前逃回来的仆人恰在城中。这人跑去跪在伊俄卡斯忒面前，攀着她的手求她把他送到那远方的牧场上去重操旧业。一个忠诚的老仆人只有这一点小小的恳求，王后立刻就准许了。

又过了十六七年，本剧的动作才开始。这其间伊俄卡斯忒生下了四个儿女。我们试看这剧尾的情节，想来那两个女孩不过才十二三岁。俄狄浦斯这时树立了一个强大的王基；凡是有什么患难，忒拜人总去求他。

这时候发生了一个很大的灾难：地面的果实朽烂了，原上的羊群病死了，妇人又不能生育，全城都发生了瘟疫。正当各处的祭台上冒着香烟时，正当空际充满了苦痛的呻吟时，一大群童子、青年，和老祭司来到国王面前请求援助。本剧的动作就从这儿开始。

九、本剧结构的分析

本剧的结构分作六部分，前五部分各分两段，与第六部分相合，共成十一段。

（1）开场白:（由第1行到150行）俄狄浦斯国王上，忒拜人把他看得很高。他答应去寻找拉伊俄斯的凶犯，拯救人民。

歌队进场时的道白:（由第151行到215行）歌队祈祷天神，且悲痛他们所受的灾难。

（2）第一场:（由第216行到462行）国王当众诅咒那不明的凶手。他听了克瑞翁的话，把忒瑞西阿斯先知请来。这先知起初不肯答话；后来因为挨了骂，才说俄狄浦斯自己便是那凶手。

第一支歌:（由第463行到512行）歌队预言那不明的凶手就要受罪了；但因为缺少证据，他们不能相信先知所说的话。

（3）第二场:（由第513行到862行）克瑞翁否认他曾经收买先知来控告国王。俄狄浦斯不相信他的辩驳。伊俄卡斯忒王后出来止住了这场争辩，克瑞翁便退去了。国王告诉王后说先知控告他是拉伊俄斯的凶手，王后劝他不必着急：虽是命运注定了拉伊俄斯会死在他的儿子手里，但那婴儿早就被弃在荒山里；并且拉伊俄斯已在那三岔路上被一大群强盗杀死了。

王后提起那三岔路时，俄狄浦斯便吃了一惊。

于是国王问起那肇事的年月，地点和拉伊俄斯的容貌与他的随从。这一切都使他相信他自己便是那凶手。

国王把他的故事告诉王后，说他怎样在科林斯被人嘲笑，怎样前去得尔福，怎样在福喀斯境内杀了人。但他还有一线希望：因为那逃回的用人说拉伊俄斯是被一大群强盗杀死的，并不是被一个人杀死的。

国王要召见那生还的人，那人现在牧羊去了。

第二支歌:（由第 863 行到 910 行）歌队咒诅那暴戾的行为，如像国王对待克瑞翁的行为；且咒诅那不敬神的行为，如像王后怀疑神示的行为。

（4）第三场:（由第 911 行到 1085 行）正当这时有一位信使从科林斯跑来，说他们的国王波吕玻斯死了，他们要迎接俄狄浦斯去承继王位。伊俄卡斯忒和俄狄浦斯听了大喜；因为那注定俄狄浦斯杀害他父亲的神示并没有灵验。

但国王还畏惧那另一段神示，害怕讨娶他的母亲。

那信使听了这话，便说明波吕玻斯和墨洛珀并不是俄狄浦斯的亲生父母。那信使早年替波吕玻斯牧羊时，在喀泰戎山上捡得了那婴儿时代的俄狄浦斯，把他带到科林斯去。不，那不是捡来的，那是另外一个牧人送给他的。

但谁是那另一个牧人呢？信使说他是拉伊俄斯的臣民。

王后求俄狄浦斯不要再去追究这事。他说不论他的身世多么卑贱，他一定要追根到底。于是王后呻唤一声，奔了进去。

第三支歌：（由第1086行到1109行）歌队高兴地说俄狄浦斯会变作一个忒拜人，他也许就是神明的种子。

（5）第四场：（由第1110行到1185行）那位忒拜牧人进来时，科林斯的牧人便说，就是这人把婴儿送给他的。一步一步真相全明了。那婴儿原是拉伊俄斯的儿子，原是拉伊俄斯的王后把他交与那牧人的。俄狄浦斯这时恍然大悟，他也呻唤一声，奔了进去。

第四支歌：（由第1186行到1222行）歌队在这里悲痛国王的败覆。

（6）退场：（由第1223行到1530行）这时一个宣告人

从宫里出来说王后自缢了，国王自己弄瞎了眼睛。顷刻间国王就扶着侍者出来了。他很动情地请求歌队里的长老们把他杀了，或是把他驱逐出境。

克瑞翁出来引他进去。克瑞翁答应了替他照顾那两个女儿；她们进来和父亲道别。俄狄浦斯要求克瑞翁把他逐出境外，但这事情必先要访问福玻斯。

克瑞翁引俄狄浦斯进去时，歌队道出了那最后的话：不要说一个在生的人是幸福的，直到盖棺时才能这样肯定。

说起本剧的结构，我们应先注意诗人怎样处置这两道线索。他发明了那第二个牧人来做第二道线索。

（1）那忒拜牧人曾经报告拉伊俄斯死在那三岔路上；见第 716 行王后曾经说及那肇事的时间，说及拉伊俄斯的容貌与随从。这一切可以证明俄狄浦斯杀了拉伊俄斯，在第 754 行里就已证明了这事，不容俄狄浦斯再生疑惑；但他绝没有想到拉伊俄斯就是他的父亲。这是第一道线索。

（2）那科林斯牧人又是一道线索，他说俄狄浦斯并不是科林斯国王波吕玻斯与墨洛珀的儿子，好叫俄狄浦斯释放了杀父娶母的忧虑。所以俄狄浦斯在 1076 行以下会那样自宽：这和伊俄卡斯忒的失望恰恰相对。王后在第 1044 行里就知道事情不妙。

（3）当这两个牧人相遇时，这两道线索便交叉在一起。这交点刚好发生在上面的一片高兴之后。现在证实了拉伊俄斯的凶手且曾杀了父亲，娶了母亲。

十、亚里士多德的批评

亚里士多德时常引用本剧，可见他把这剧当作悲剧的典型杰作。但他所提及的各点只是关于形式的普通分析，他并没有论及本剧特有的精华。他所提及的各点如下：

（1）剧中的“发觉”做得很好，且由这“发觉”生出了一个“倒转”，即是俄狄浦斯发觉了他自己的身世，他的命运因而转变了。

（2）这个倒转来得特别动听，因为那科林斯的信使本是来替俄狄浦斯报告好消息的，哪知会把事情弄得更坏，因而生出了这个转变。

（3）俄狄浦斯这样的人物最宜于做这种倒转的题材：因为他是一个光荣伟大的人物，虽不很公平良善；且因为他的倒转不是由一种罪恶里得来的，乃是由一种不自觉的错误里生出来的。

（4）这故事使人听了发生怜悯与恐惧的心理。一切的惨剧，如婴儿被弃，拉伊俄斯被杀和伊俄卡斯忒自缢，都不曾使观众目睹，都是耳闻的。

（5）如果本剧有什么不近情的成分，那绝不在剧中的情节里，而在本剧开始以前的故事里。

亚里士多德在这最后一点里说起一个很可非难的地方，即是俄狄浦斯不知道拉伊俄斯的故事。俄狄浦斯本知道那前一个君主的名字，虽是克瑞翁还把那个名字告诉他。（见第103行）他且知道拉伊俄斯是被杀害的；但不知他究竟死在城里乡下，或死在外邦。（见第109行至113行）他没有听说拉伊俄斯是被一群强盗杀死的，更不知道逃回了一个随从。（见第116行至123行）他曾问及当时追究过这案子没有。（见第128行与566行）伊俄卡斯忒嫁给他许多年了，这时才把拉伊俄斯所得的神示告诉他，好像是初次告诉他一样。俄狄浦斯这时才把他早年的遭遇告诉她。我们且不必管他怎样会提起他科林斯的父母的名字，好像怕伊俄卡斯忒还不知道；其实这不过是一个相连的故事的引子。我们可以认为凡是俄狄浦斯所不知道的事情都是伊俄卡斯忒和宫里的人所不愿道及的。但这些过去的缄默明明是太过度了。这缺点的真正辩护便是坦白地承认这个缺点。本剧里面的动作既然安排得这样好，此外一些题外的事情就是安排得随便一点，也不至于生出什么不快之感。好像一位雕刻家没有把支柱弄得光滑，在他想来，这不至于影响一件最完美的艺术品。

十一、人物

本剧的人物都是生动的。……索福克勒斯原想渐次感化当日怀疑派的思潮。

十二、俄狄浦斯

俄狄浦斯的天性是很敬神的。他曾亲自到得尔福去访问过神示，这便是一个很好的证明。他的命运虽是那样苦，可不曾使他背弃神明。直到他登峰造极时，还不曾改变他的本性。本剧开场时，他并没有傲慢的神情；且对于他的人民十分爱护，对于神示又十分敬信。一旦先知斥责他是拉伊俄斯的凶手，他且凭理智来判定。他首先要观察有什么事实足以毁坏他。后来他面对着神明，没有先知站在人神中间。他那一片敬神的本能可以从他的祈祷里听出来：“你们这些可敬的神圣的神啊，别让我，别让我看见那一天！”（第 830 与 831 两行）经过了许多变化莫测的希望与恐惧，他便明白事情不好了。那先前裁判过信仰的理智，如今却用来裁判他的罪恶。

十三、伊俄卡斯忒

我们不能说俄狄浦斯不敬神，所以才得到这样一个厄运。至于伊俄卡斯忒的例子，恍惚一看却不易断定。她公开地嘲弄过神示，还劝她的丈夫不要相信。她告诉夫君说：（第 711 行至 713 行）“有一次，拉伊俄斯得了个神示——我不说那是福玻斯亲自说的，只能说那是他的祭司说出来的。”她相信天神能够实现他们的意志，（见第 724 行）还能够惩罚凡人，或是拯救凡人;（见第 921 行）但不相信一个凡人——不论他是先知或是祭司——能够预知未来的事。福玻斯的祭司不是叫她牺牲了她的长子吗？那何曾救起了她的先夫拉伊俄斯？她正如俄狄浦斯那样信仰真神，不信任凡间的解答人。他们两人都不求先知与祭司，想直接领悟那掌管他们的命运的天神的旨意。这样看来，本剧专在说明信仰与理智的关系，作者在这儿研究永真的人性，并不在反抗当日怀疑派的思潮。

十四、忒瑞西阿斯与克瑞翁

这两位人物把俄狄浦斯反衬得格外清楚。忒瑞西阿斯是福玻斯的侍者，代福玻斯传达旨意。他的精明和国王的昏昧恰恰相对。他站在国王顶上，克瑞翁却站在国王底下。克瑞翁的地位虽是卑微，但比较安稳一些。他为人很机警慎重，注重实际，不任情感用事。他的自尊心很高，对人又宽大。

十五、本剧的年代

没有外来的证据可以决定本剧初次表演的年代。内在的证据假定出演在《安提戈涅》与《俄狄浦斯在科罗诺斯》二剧之间，也许就在公元前439年至412年之间。我们还不能说得更准确一些。近代有人把俄狄浦斯当作雅典的大政治家培利克利斯（Pericles），把拉伊俄斯的死当是阿尔克密喻尼德（Alcmaeonid）家族的遇害；又把忒拜城（Thebes）所受的灾难当是多利安（Dorian）战争与当时所发生的病疫。我们不必注意这些推测之辞；应把联想和寓意分开。如果索福克勒斯是在描写雅典的病疫，那便蹈了夫利尼卡斯（Phrynichus）描写迈利塔斯（Miletus）失陷的覆辙，同样会惹起雅典人悲伤。如果正当瘟疫之后，他要形容一个想象中的病痛的城子，他自然应该掺入一些他所经验过的感觉。但本剧里的描写还说不上这一层；只第180行里说起那病症"倒在地上散布"倒像是他的经验之谈。

从公元前2世纪起就发生了一种传说，说索福克勒斯表演本剧时，给非罗克勒斯（Philocles）占去了头奖。非罗克勒斯是埃斯库罗斯的侄子，关于他的作品我们一点也不知道。有些近代作家对于这事很表示惊异，这完全是多事。非罗克勒斯的剧本也许还好，且从未有人怀疑过那些评判员，说他们不可靠（有人猜想非罗克勒斯借用了埃斯库罗斯的作品去比赛，因而得胜的。——译者）。

十六、演员波拉斯（Polus）

公元前4世纪末叶，有一位著名的演员叫作波拉斯善于演俄狄浦斯。……

十七、同题的剧本

希腊剧作家从没有厌弃过这故事。除了这三大悲剧家外，还有好几位剧作家写过八九个同名的剧本，但都没有留传下来。

我们试把塞涅卡（Seneca），高乃依（Corneille），德莱顿（Dryden）与伏尔泰（Voltaire）几人的同名剧本拿来比较，便可见希腊本剧特别高明。

十八、塞涅卡的剧本

塞涅卡追学索福克勒斯，有时竟把希腊原诗意译过来。他的结构和索福克勒斯的结构有三点不同之处：

（1）忒瑞西阿斯先知不是凭他的直觉就知道了拉伊俄斯的凶手是谁。当俄狄浦斯恳求他时，他还得去运用方术。他说鸟声与献祭都没有功用，得要把拉伊俄斯的阴魂请出来。于是他请出了那鬼魂来斥责那逆伦的儿子。这一节故事是由克瑞翁道出的，他引用了许多罗马的方术。索福克勒斯也曾在《安提戈涅》里面（见第 988 至 1011 行）写过这类的事，但写得多么轻巧，不像塞涅卡这样笨拙。

（2）王后是在舞台上当众自杀的。

（3）国王主动地离开了祖国。

十九、塞涅卡与索福克勒斯的关系

塞涅卡对于希腊本剧很下过功夫。他虽是善于运用词令，可不知怎样变换布局的自然发展。他把索福克勒斯的情节收缩在一起，再加上一些词令的装饰，也不过才 1060 行，仅够演一点半钟。……他把戏剧的趣味变成了感觉的趣味。

二十、高乃依的剧本

我们可以由这剧本看出这古代的题材要怎样才能适合近代的舞台。高乃依看出这故事太简单了，便加入一个次要的布局。这剧开幕时，雅典国王忒修斯（Theseus）正和拉伊俄斯的女儿得尔西（Dircè）做爱；到后来，这两人的快乐的结局分散了我们对于那两位主要人物的注意。高乃依不曾把忒瑞西阿斯先知请出来，他叫宫女内利内（Nerine）说出那先知怎样把拉伊俄斯的阴魂请了出来。那阴魂不曾斥责俄狄浦斯，只说要等到他的冤仇得报时，忒拜城才得安宁。那“发觉”的方法和索福克勒斯所用的方法差不多，只是没有人家的做得好。拉伊俄斯的牧人在台上当众自杀，王后也拾得那短剑刺入胸中。国王自己弄瞎了眼睛；他眼中的血刚刚流出时，忒拜城的病疫便停止了。

这剧里的俄狄浦斯像一位 17 世纪的法国君主，大祸临头时依然镇定。这不自然的冷静破坏了悲剧的情绪；这和古来那个英雄的生动与热情真有天渊之别。

二十一、德莱顿的剧本

德莱顿也曾采用过次要的布局，他叫阿耳戈斯（Argos）国王阿德刺斯托斯（Adrastus）和拉伊俄斯的女儿攸利提西（Eurydice）做爱。他以为这个国王不至于像忒修斯那样影响俄狄浦斯的重要地位。这剧开幕时，俄狄浦斯出征阿耳戈斯去了，克瑞翁想篡夺王位，这奸贼曾向攸利提西表示情意，遭了拒绝。不久俄狄浦斯擒着阿德刺斯托斯凯旋，又把他放释了，叫他去向公主求爱。从这一点一直到“发觉”时，德莱顿都在模仿索福克勒斯。他又把拉伊俄斯的鬼魂请出台上来指责俄狄浦斯。

德莱顿也蹈了高乃依的覆辙，这覆辙又是他所认识的。他的两个次要人物虽没有忒修斯和得尔西那样可厌，但他们所生的影响是相同的：即是次要的布局破坏了主要的布局。攸利提西的死反变成了悲剧的顶点，她是被克瑞翁刺死的。这奸贼又和阿德剌斯托斯互相残杀；伊俄卡斯忒杀死了子女后，也就自杀了。最后俄狄浦斯由窗前跳了下来。

索福克勒斯的悲剧是用来净化我们的怜悯与恐惧的心理的，使我们不敢沾染恶劣的行为，趋向那高尚的目的。德莱顿的悲剧却叫我们同情俄狄浦斯与攸利提西，又叫我们憎恶奸邪的克瑞翁，和全体的屠杀与自杀。这不但没有净化我们的怜悯与恐惧，且把这些情感弄得十分迟钝。

二十二、伏尔泰的剧本

伏尔泰的剧本比起高乃依与德莱顿两人的剧本富于古典精神。他十九龄时便写就了这部作品，后来一连演过四十六次，在那些时代里可算是一个绝大的成功。这里面也有一个次要的布局，但绝不至于影响那主要的动作。

这剧里的情节是这样的：菲罗克忒忒斯重游忒拜城，看见俄狄浦斯登了拉伊俄斯的宝座，忒拜人正忍受着灾难，很想杀一个人来平息天神的愤怒。菲罗克忒忒斯原是拉伊俄斯的仇人，因被人控告是他的凶手。伊俄卡斯忒少年时同这位英雄订过婚，她如今还爱他。她叫他逃走，但他决心留下来对付这一件欺诈的案子。正当这时，忒瑞西阿斯先知指出俄狄浦斯才是罪人。菲罗克忒忒斯且相信国王是清白的：从第三幕以后，他就不再出台了。

此后的布局和希腊原剧的布局大致相同。后来一位大祭司出来说俄狄浦斯自己弄瞎了眼睛，天神的愤怒便平息了。直到王后死时才闭幕。

二十三、伏尔泰自己的评语

伏尔泰自觉他处置菲罗克忒忒斯不很得当。他说这英雄好像是特来受人诽谤的。从第三幕以后便没有再提起他的名字；这剧的结局全不必依靠他。伏尔泰对他一位朋友说巴黎的演员不愿意演一部没有爱情在内的《俄狄浦斯》，为讨好那些演员起见，他弄坏了这一部作品。

作者常说戏剧里得要有一个次要的布局。他又说这故事本身还不够那后两幕的材料，更不必提起那前三幕的材料了。这些古代的题材只够写一两景，不够写一个完全的悲剧。《俄狄浦斯》这剧应该在第一幕后就完场。也正因为材料太少，高乃依与德莱顿两人才加入了一些次要的人物。

二十四、古代剧与近代剧的主要分别

为什么索福克勒斯不曾加入一个次要的布局，竟能写出了一部更有力的剧本？他的剧本的伟大处不仅在布局的结构和发展上；且因为作者能借这故事来研究人性。高乃依、德莱顿和伏尔泰三人都恐怕他们的观众嫌这可怕的故事太痛苦，太单调了，才加入一些轻快的成分，如恋爱与阴险，来给他们消遣。

索福克勒斯却使观众的注意力集中在俄狄浦斯与伊俄卡斯忒身上。观众紧紧地追随着每一步动作所发生的情感，观察到灵魂的深邃处。好像看见一位瞎子走近了崖边，时刻都在惊心动魄，不容他们去注意旁的枝节。这悲剧所引起的趣味是继续不断的，是紧张的；且用希望与失望的变化来避免单调的毛病。剧中的人物能使观众发生怜悯与恐惧的心理，因为那主人公原是一个清白的人，只不过遭受了一种不知的命运；就是一位最良好的人也难于逃避这种命运：我们看了这剧，会生出一种戒心。等到大祸临头时，作者知道怎样减轻那紧张的成分，他从悲剧的本身生出了一种慰藉，即是令那瞎眼的国王听到他女儿的哭声。高乃依却令忒修斯和得尔西做就一个快乐的收场。

二十五、预知

德莱顿使俄狄浦斯与伊俄卡斯忒由一种神秘的本能感到他两人的真正关系。她曾经对他这样说过（见第一幕第一景）：

“当你责备我时，我好像为你生出了一种为母的溺爱，不叫我动怒。快不要这样；因为我虽还爱拉伊俄斯，正如一般的妻子都爱他们的夫君；但是我更心疼你，把你当作我的血肉。”

伏尔泰也曾有这样的想象，伊俄卡斯忒曾向俄狄浦斯谈起她的婚姻（见第二幕第二景）：

“我这惊愕的灵魂感到一种莫名其妙的扰乱，我害怕发现我躺在他的怀里。”

高乃依也有近似的笔调。

这些预先的警告的确可以使观众吃惊；但为何不早将真情暴露出来？这会减少“发觉”的效力。这一种话也许很有诗意，也许富于悲惨的情调；但缺乏戏剧的力量。索福克勒斯却不曾露过这种破绽。

二十六、那不近情的部分

这些后来的作家没有一位能够化去这故事的不近情的部分，即伊俄卡斯忒和俄狄浦斯不知道拉易俄斯的故事。（参看本文第十段）索福克勒斯把这种情节默认了；惟其是默认了，才不致惹人注意。

塞涅卡也不想去化除这种困难。但这几位近代作家却想方设计来避免这个缺点。高乃依的主人公知道拉伊俄斯是被一群强盗杀死的，还知道那肇事的地点与时期。他还清清楚楚地记得他自己在那同一个地方，在那同一个日子里杀死了三个路人。说来也奇怪，他从没有想到那三个路人许就是拉伊俄斯和他的随从。他淡淡地对王后说那三个人大概是强盗（见第一幕第一景）；但看他后来所说的情形（见第四幕第四景），足见他全没理由可以说他们是强盗。

德莱顿的办法简单得多。俄狄浦斯说他听见过一些关于拉伊俄斯的谣传，但因为政务纷忙，他竟把这些话忘却了。

伏尔泰的方法却要高明一些。俄狄浦斯向伊俄卡斯忒打听拉伊俄斯的故事时，他这样致歉：

“夫人，一直到今天，我因为怕使你悲伤，从没有提起过这令你落泪的事情；……”

作者也承认不应该老把俄狄浦斯闷在葫芦里，因怕夫人不高兴，不敢提起拉伊俄斯。伏尔泰认为索福克勒斯应当说明俄狄浦斯听了拉伊俄斯的凶死时，怎不能立刻忆起他自己在那三岔路上所遭逢的事情。这位法国诗人却说是俄狄浦斯的记性迟钝了，他叫俄狄浦斯说：

“一直到今天，我不知中了什么邪魔，竟忘却了这一桩事变；……”

这方法固然不坏，但只是一种舞台的技巧。这不近情的部分原是这故事本身所固有的；扶得东来西又倒，本是无法挽救的。

二十七、希腊悲剧的复兴

我们看了近来希腊戏剧的复兴，可以知道那上乘的希腊悲剧是多么能够迎合观众的心理。……近代人太注意希腊剧场与现代舞台外表上的区别。……且有人以为希腊戏剧的效力全依靠当时人民的习惯与信仰。他们听了那些戏剧能够感动现代的人，吃惊不小。

二十八、本剧的表演

本剧新近的表演很有意义。剧中乱伦的案子和俄狄浦斯刺伤了眼睛再出来一场都难受近代的观众欢迎。高乃依和伏尔泰都不敢把这弄瞎了眼睛的国王请出台来；他的动作乃是由旁人道出的。伏尔泰心想可以把他弄出来放在昏暗的背景里。德莱顿倒有胆量把他弄了出来，但他的剧根本就不能表演。司各特（W. Scott）引用了一段话，说 1790 年表演这剧时，还没有演完第三幕，包厢里的观客全都退走了。

二十九、哈佛的表演

1881 年 5 月，经了七个月的准备，这原剧在哈佛大学出演了。那次的表演做得很完美，很得力于美术与考古学一类的帮助。诺曼（Henry Norman）著有《哈佛表演记》（*An Account of the Harvard Greek Play*, Boston: James R. Osgood and Co., 1882），这部书变成了研究本剧的重要文献。这次表演没有变动过原诗。一共演了六次，每次的观众约近千人。场中备有英译本；但不能说因为有的观众不懂希腊文，便遮过了那可厌的成分。这一大群极有眼光的观众从头到尾都像着了迷，屏息静听。戏完时，静一会儿掌声才响了起来，忽然又同时停止，此后观众才静静地退了出去。可见这表演发生了一种庄严的印象，净化了他们的怜悯与恐惧的心理。

三十、法国剧院的表演

同年巴黎法国剧院表演了一部法文译本。那次谟内绪利（M. Mounet-Sully）扮俄狄浦斯，演得很出名。这古剧的成败全靠俄狄浦斯瞎着眼睛出来那一场。如果观众看了那情景，他们的憎恶的心理过于怜悯的心理，便不算完全成功；如果他们的情感都集中在那可怜的情境里，那才算完全成功。这次表演时，观众不注意国王的血红的眼睛，却由外表上去观察他内心的痛苦。

由这些试演看来，我们不能再说希腊悲剧的优美在这个新时代里全然消失了。……希腊悲剧的复兴，除了文学与艺术的兴趣外，对于现代的教育且有很高的贡献。

演员的分配（这一段是附加的——译者）：希腊表演只有三个演员，在本剧里这三个演员可以这样分配：

（1）主角专演俄狄浦斯。

（2）次角担任演伊俄卡斯忒王后、宙斯的祭司、传报人和拉伊俄斯的牧人。

（3）第三角担任演克瑞翁，忒瑞西阿斯先知和科林斯的信使。

哲布（R. C. Jebb）

哈佛表演本剧记（节译）

1881 年 5 月哈佛大学曾表演本剧（参看引言第二十九节）。诺曼（H. Norman）著有《哈佛表演记》（*An Account of the Harvard Greek Play*），里面有很好的照片，那是研究本剧的重要文献。今由那书里选出几段，依次排列：

（一）开场：那狭长的舞台（如今证实了希腊剧场里没有舞台。——译者）。后面是俄狄浦斯的王宫，宫前有横壁（Frieze）与柱子。当中有一道中门，两边各有一道旁门，那中门前面有两步梯子；这三道门都是关上的，各门外都立着一所祭台，当中的一所比较大些。门上发出了一阵响声，又沉静下去，音乐才起奏。

宙斯的祭司道貌岸然地扶着拐杖自观众右方上，他身后有一对白衣孩子捧着乞援的橄榄枝随上。他们后面是一大群童子，壮年人与老年人，都是穿着白衣，捧着树枝。他们把树枝放在祭台上，然后坐下；只有祭司一人对着宫门立着。他们的动作简单而庄重。

静了一会，门启了，国王的侍臣出来分立在两旁，他们穿着灰蓝的贴身衫。俄狄浦斯上，他的王袍有时射出紫光，有时射出金光；他的紫红的贴身衣和白色的无面鞋上面都有金饰：他头上戴着堂皇的冠冕。他向乞援人注视了一会儿，才开始说话。

（二）克瑞翁上：俄狄浦斯正在说话时，儿童们自观众左方望见了什么人，当中有一位儿童便向祭司示意。于是克瑞翁急行上，他头上戴着桂冠，表示他得到了吉祥的神示；身穿虎黄色的贴身衣，还拿着帽子与手杖。他匆忙敬礼后，便宣布神意。

（三）乞援人退场与歌队上场：俄狄浦斯表示了极急援助后，便偕克瑞翁进入宫中；侍臣随入，将门关上。乞援人慢慢起来，他们的请求既然达到了，大家便取回了树枝，随着祭司自观众右方下。

那最后的人刚刚退出时，乐声又响了，这回很有节奏。

长老歌队自观众右方进场，他们的贴身衣拖到脚下，外衣也很长。他们这一身衣服好像穿上了许多年，各人的衣褶都很别致。这十五个人分作三排，且歌且进，最后站在场中的祭台旁边。

（四）忒瑞西阿斯上：这先知长着白发与白鬓，是一位奇伟可敬的人。一个童子把他引了进来，这童子穿着蓝外衣，和先知的白衣相衬。国王同先知闹了起来，后来国王进入宫中，先知退了出去。于是音乐又响了。

（五）克瑞翁重上：音乐停止时，克瑞翁急上。他这回脱下了旅行装，穿上了高贵的衣服。他的贴身衣，外衣和无面鞋都作紫色，镶着金边。他极端否认国王告发他的事。

（六）伊俄卡斯忒王后上：国王同克瑞翁闹得正凶时，宫门忽然开了。歌队正劝他们息怒时，王后便出来立在门口，侍臣由两边分上。国王向她致礼，克瑞翁却做了一个呼冤的姿势。王后穿着镶边的银色内衣，她的外衣作淡黄色，头戴冠冕，脚踏金饰的白鞋，还佩着手镯和胸饰。王后安慰了国王，她信神，却不信凡人所道出的神示。

（七）科林斯的信使上：王后重新出来祈祷天神时，那年老的信使就进来了。他穿着贴身衣和短外衣，帽子挂在肩上，手持拐棍：这是普通的旅行装束。他向四处探看，打听国王在那儿。他向王后敬礼后，便报告科林斯的国王死了，那地方的人民要迎接俄狄浦斯回去做国王。王后听了真高兴。国王再上，他听了这消息也很高兴。他这回换了简单一点的金色与银色的衣服。

（八）王后末次退出：王后看见大祸临头，十分愁苦。她时而举起手来想说什么话，但立刻又掩着口；或是放在胸前挡着那惊跳的心。她向国王奔去，又半途停下。当国王问起那个牧人时，她勉强止住愁容，向国王一笑，求他不要再理会这件事情。哪知国王十分固执，一定要弄到水落石出；于是王后呻唤一声，奔了进去。

（九）拉伊俄斯的牧人上：音乐停止时，国王的侍人拥着一位牧人自观众右方上（应自左方上才能表明是从乡下来的。——译者）。他是一位鬓发斑白的老年人，穿着很粗的家常布衣，背上披着一件羊皮，手里扶着一根木杖。他的行动很困难。他面对着国王，早已明白了这番召见的用意，但不肯就直陈。牧人的缄默和信使的巧舌正好相衬。牧人听到不耐烦时，便举着手杖向信使打去。国王做了一个手势，一位侍者止住了牧人。这老头儿还不肯吐露真情，一个强有力的侍者便过来擒住了他。于是真情全露了，俄狄浦斯果然是他父亲的凶手和他母亲的丈夫。他叫了一声，用衣服盖着头奔入了宫中，侍臣随入。信使与牧人自左右下。台上静极了。

（十）第四支歌：这个歌是很动情的，每一位歌者都知道事情很严重，露出很深的感慨。

（十一）传报人和国王上：那最后一支歌停止时，宫门突然开了，一个传报人奔了出来报告里面所发生的惨剧。这人是宫中的侍从，穿着轻便的短贴身衣。一会儿俄狄浦斯弄瞎了眼睛，攀着侍臣出来，面容惨白，还带着血痕。歌队全体用衣服掩着脸面，听国王在那儿呻吟。

（十二）退场：俄狄浦斯求长老们把他杀了，或是把他逐了出去。克瑞翁戴着王冠出来。俄狄浦斯想起自己先前的暴戾，很不好意思和克瑞翁接近。他不能逃走，只好掩着脸，静静地等待着。他们交谈了一些时候，俄狄浦斯要抚摩他的女儿，于是克瑞翁叫人去接了出来，交与俄狄浦斯。他跪在她们面前痛哭；那两位女孩太年轻，不懂得那事情怎样可怕，只知道可怜她们的父亲。克瑞翁这时退到观众右方，用衣服遮着脸不忍见那悲惨的别离。俄狄浦斯求他伸过手来，表示他答应照料那两个孩子。他自己先伸出手来等候着；克瑞翁慢慢走过去答应了。俄狄浦斯又回头去拉着他的女儿。这惨象演得太久了，克瑞翁吩咐俄狄浦斯放了女儿，退入宫中。俄狄浦斯只好分开。宫门启了，克瑞翁亲自引导俄狄浦斯进去，女孩与传报人随入，俄狄浦斯的侍者将宫门轻轻关上。

乐声又起了，歌队的首领道出了他的人生见解后，全体退场。

诺曼著，哲布编选